U0543956

陕西省委宣传部重点文艺创作资助项目

无定河

信天游长篇叙事诗

霍竹山 著
华月秀 剪纸

陕西新华出版
陕西人民出版社

图书在版编目 (CIP) 数据

无定河 / 霍竹山，华月秀著 .—西安：陕西人民出版社，2023.11

ISBN 978 – 7 – 224 – 15142 – 8

I. ①无… II. ①霍…②华… Ⅲ . ①叙事诗—诗集—中国—当代 Ⅳ . ① I227.3

中国国家版本馆 CIP 数据核字（2023）第 210473 号

责任编辑 王　辉
封面设计 建明文化

无定河
WUDINGHE

作　　者 霍竹山
剪　　纸 华月秀
出版发行 陕西人民出版社
（西安市北大街 147 号　邮编：710003）
印　　刷 西安市建明工贸有限责任公司
开　　本 889 毫米 ×1194 毫米　1/32
印　　张 6.375
字　　数 86 千
版　　次 2023 年 11 月第 1 版
印　　次 2023 年 11 月第 1 次印刷
书　　号 ISBN 978 – 7 – 224 – 15142 – 8
定　　价 56.00 元

霍竹山与信天游PK骑手与黑马

——读霍竹山诗集《无定河》

李　犁

我是以学习的态度来读霍竹山用信天游民歌形式写成的诗集《无定河》的。因为代表本土诗学根系和本质的信天游对当下的诗人来说越来越陌生。尤其20世纪80年代诗歌复兴之时，年轻的诗人对西方诗学趋之若鹜，一蜂窝地追求现代性和现代化，对民族化的诗学很不屑，甚至以弃之如敝履为荣。现在看来不仅是过激，而且是无知。前几年当新诗发展临近百年之际，回顾和深思新诗得失，很多诗人和批评家一直认为根植于民族心理、性格、文化和审美习惯的本土诗学不能缺失，也缺失不了。事实是即使在很先锋的诗人那里，虽然呈现方式变化了，但透视出来的价值观以及精神和性格还是本土的，也就是服饰花枝招展，里面的身体和心胸还和原住民一样——血脉这个东西太强大了！

本人意识到这点也经历了漫长的时间，于是在2017年写了一篇名为《呼唤与重建本土诗学的精神与特质》的文章：“在诗歌的审美和语言越来越倾于共和的今天，重提本土诗学并非是复辟，而是要在现代性和世界性的进程中，努力保存恢复和巩固我们自己诗学的精神和特质，让这些曾支撑和辉煌了我们诗歌的风骨和精髓，继续作为当代诗歌写作的心脏与血肉，让日渐萎悴的诗歌重新丰满和康健起来。”与此同时我也例举了一些具有我们民族性格的诗歌，但这些都是一些变种的本土文本，当时还没能找到内外都相宜，又很葱茏的民族化作品。

所以看到霍竹山这本诗集，有点激动，这是原装的信天游，形式和气质都是独一无二本土的，只是装的内容是当代的，并且注进了当下的观念和思想。这正是我要找的具有本土诗学风骨和精髓的文本！而且他的这些作品能自动催逼我们的嘴唇开合，吟咏或者歌唱。诗歌在他这里回归了声音，随着声音漾开，诗中那些人的音容和性情在眼前晃荡着，历历在目。这样，诗歌就成为从玄学、道学、心理学和精神分析中回归真实的大地，回归耳朵和口唇，回归表情达意的一种文学体裁。

需要强调的是，信天游这种形式又不同于当下那些同样具有可视性、故事性，一听就懂的口语与叙事的诗，信天游自带形式感和独立的审美特质，诗人可以尽其所能地发挥自己的想象和才情丰富它、深化它、美化它，但无法篡改它、变种它。这就让这种形式具有了独特性和不可复制性，避免了当下诗坛那种从别人的文本里寻找自己的灵感，互相模仿的情况，诗歌作品犹如近亲结婚，出现了千人一诗或者千诗一面的局面。而且信天游让诗歌本身肌体康健，血肉丰满，犹如春天的麦地，绿油油、水灵灵，一片葱郁，生机勃勃，鲜活而湿润。

具体来说，首先信天游这种形式激活了霍竹山的灵气，让他的诗里充盈奔涌着一股浩荡气息。那是诗人的生命之气，包括诗人的激情、充沛的精力和想象力，同时也是诗歌活跃的生命力。前者是因和隐，后者是果和显。也就是诗人的呼吸在奔泻，并带出诗歌的形态和节奏，具体就是抑扬顿挫，连绵起伏，就是我们常说的气脉。正因为这强有力的气息或气流，让《无定河》这首长诗虽然两千多行，人物众多，事件跨越四十年，但几乎一气呵成，而且气息充足，一灌到底，波澜起伏，有劲有趣。这也促使这部长诗局部像小品，整体是一个连续剧，而且是生动的轻喜剧。其形态像一个人在长长地呼吸，有轻有重，有强有弱，有舒缓也有急促。长诗也因此构成了情节的高潮与缓冲、柔和与绵长、对峙与和解。远观是一条波涛汹涌的大河，有浩浩荡荡的气势；近看，河水清澈，水下有藻草又有游鱼。所以，整首诗散发出来的气息是清净有氧的，用孟子的话来形容，就是浩然正气。这是这首长诗的精神底气，同时也贯穿始终，让这首诗雄浑磅礴、气象万千。

究其原因，除了诗人自身的元气和正气之外，就像前面说的，还得益于信天游这种形式。信天游这种自足的艺术就像漫山遍野的野草，旺盛的生命力，以及来自大地的真气和浓郁的芳香，沁人肺腑，令人生津。譬如华成娃追求屈彩英这段："萝卜缨缨调苦菜，/你妈妈生你人人爱。//山桃儿开花九卷卷，/你妈妈生你花眼眼。//灶火烧柴我给你扇，/缸里没水我给你担。//沙枣涩来油枣甜，/就怕咱二人没有缘！//清水河鸭子浑水河鹅，/就怕妹妹你看不上我。//一眼能化开黄河的冰，/两眼看不透妹妹的心。//丝溜溜东南风满天云，/你道是有晴还是无晴？"正因为信天游先比兴再说心思，同时又有可说唱的节律，把一个小伙内心的真诚坦率又焦急无奈给活脱脱地表现出来了。一股没有污染的山野气和生机让诗中的人物可感可视，让诗本身有了盎然，有了生动的形象。也让读者沉醉在信天游整体烘托的气氛里，忘了具体的言辞。

所以韩愈说："气，水也；言，浮物也。"就是说好的文和诗，就像急湍的河水，词语不过是河面上的漂浮物。气有时具化为情感、情绪，而感情猛烈爆发之时，会冲垮读者的心灵，让人记住内心被感动和震撼的感觉，而忘了具体的言词。就像此刻，我们被有情趣的细节打动，记住的除了被摇撼的感觉，还有眼前摇晃着的小伙子和村姑娘的音容。当然具体是什么样子，每个读者会根据自己的经验和审美来深化和美化他们。所以，有生命之气鼓荡的信天游不仅让诗旺盛，更让诗有了精神，诗中的人和物也有了神采。

诗有神，正是我要说的信天游这种形式给诗歌带来的第二个特点。有神之一就是传神，就是前面举例说的，用蓬勃的感觉写出立体的人与物，神形兼备，深入人心。有神之二就是霍竹山能熟练运用信天游必有的格式和修辞，寥寥几句，进入并端出诗歌的核心和精神，即意境。从宏观上看，意境是整首诗创造的一个理想的世界，微观上几乎几句甚至仅仅两句就有一个令人深思和陶醉的小意境。我理解的意境简单来说，就是诗人创造的一个氛围，它可能是实，也可能是虚，更可能是虚实交织的。有时它在诗里仅仅是一个时空点，有时又深不可测，犹如浩瀚的星空。总之这个时空点是美的、妙不可言又带有巧遇性质。就是不经过苦思冥想，主观、客观、诗三者不期而遇，无缝融汇到一起，让读者思维受到冲击和启发，思想得到升华，情感和心灵得到洗涤，从而深深地陶醉在里面，无言但由衷对艺术感叹并浮想联翩。

我们随手拿来这段为例：“水绕着山转山绕着水，/ 万水千山就想哥哥你。// 你身上的妹妹在梦里，/ 我身上的哥哥在心底。// 你身上的妹妹知冷暖，/ 我身上的哥哥一座山。// 两圪垯黄土和一团泥，/ 你中有我来我中有你。// 哥哥哪一天生病哩，/ 妹妹的心上擂鼓哩。// 哥哥哪一天梦游哩，/ 操心妹妹拴住哩。// 沟里一条河等你哩，/ 哥哥不来噘着嘴哩。// 前院一棵杨树等你哩，/ 哥哥不来脖子伸得老长哩。// 沙梁一朵云彩等你哩，/ 哥哥不来毛眼眼淌泪哩。// 听见哥哥口哨响，/ 梳洗打扮换衣裳。// 看见哥哥翻过了墙，/ 一舌头舔烂三孔窗。// 梦见哥哥门前站，/ 半夜捣糕铺棉毡……”

前面那段是小伙子华成娃追求女孩的心情，这段是写女孩屈彩英被感动了，开始盼望心上人快点来。每一句都相思得真挚，焦急得动人。尤其最后几节，我们似乎看到翻过墙来，焦急得恨不得“一舌头舔烂三孔窗”，而梦见心上人真来了，又故作镇静，去捣糕、铺棉毡，用不停的劳作来按下内心的激动——这就是传神，就是诗意！而整体的诗意就是诗人用精致的比喻，甚至夸张的修辞给我们创造一个情境，让我们陶醉在爱情的真挚和美好、神秘和激动之中，并准备一头扎进去，不愿意出来。这个情景很可能并不存在，但我们的心理和愿望都希望是真的，并满怀期待——这就是意境。

一个生活在城市里的诗人，能对古老的信天游这么娴熟，这么精辟，不得不让我们敬佩。刚才说的是宏观大意境，其实每一段都有一个小意境，也就是唯美的、巧妙的，又能冲击和洗礼人心灵的诗意之点。仅以前面引用的其中两段为例：“前院一棵杨树等你哩，/ 哥哥不来脖子伸得老长哩。// 沙梁一朵云彩等你哩，/哥哥不来毛眼眼淌泪哩。”他不写妹妹想哥，而写杨树和云彩想，这就是旁敲侧击，指桑说槐，修辞上叫借代，也是借喻，效果就是把诗意给折叠和掩盖起来。而且哥哥不来，杨树的脖子伸老长了，云彩的毛眼眼淌泪了。拟人、夸张、隐喻都不是目的，而是让静止的动起来，让不可能变成可能，让实的变虚，不仅人的思维得到了开发，人的心愿和客观的物也合二为一了，让人心旌荡漾。于是，虚境变成了情境，直至意境。

这就是信天游的优势，每句都有好看的意象，每两句都有一个对称的互喻，有时是完整的情境，有时是意境，至少是一个很撩人的意思。而不论诗的着落点在哪儿，信天游都不直说，拐点弯，或者巧妙地遮掩一下，让语言有了魅力，有了让人咀嚼的味道。

有味道就是大境界，它不只是指意义掩藏得深，需要读者慢咀细品，更多时候是诗的效果，是诗已尽而味无穷。就是读完了文本，脱离了具体的词和句，诗激起的余波还在你心里回旋。其实就是回味，就是难以从诗的震撼和意境中脱离出来，并从中悟出更多的人生之味。古人称这种艺术之味为“韵味”，就像宋代范温说的：“概尝闻之撞钟，大音已去，始音复来，悠扬婉转，声外之音，其是之谓矣。”古人对此称之为“韵外之致”“味外之旨”，其实就是由此及彼，浮想联翩，心难以平静。这与古人解释的意境就是意外之境有异曲同工之妙。都是强调脱离原型，在眼见的形和象之外，滋生出意念的情感的心灵的同时又虚化美化升华了的境地和味道。

于是味道在霍竹山这里具化为意味、情味和趣味，我统称为诗味。霍竹山能写出这么多的味道，除了他自身的敏锐和直觉，更主要得益信天游自带的神韵，比如“十个指头不一般长，/支书你眼睛又没装裤裆！”“一个人不声不响灰塌塌，/嘴嘶得能拴二十四匹马。”这种先抑后扬，先做个鞘，然后再快速出剑，直指咽喉的言说方式，正是信天游的精髓。也是这本《无定河》审美的第三个特质。

所以，霍竹山找到信天游，就像一个骑手找到了合适的马，也许信天游就是一匹寂寞的黑马，在熙熙攘攘的诗人中挑选适于自己的骑手，然后和他一起向诗歌深处驶去。

重新命名

——序霍竹山信天游长篇叙事诗《无定河》

宫白云

霍竹山是以文学为使命的诗人，在不断创新的文学路上留下一个又一个路标，他的路标既有诗歌、散文，又有小说、报告文学等，迄今出版了诗集、散文集、报告文学集、中篇小说、长篇小说等多部，并获国内多种重要奖项，是一个文学的集大成者。在他这里，文学成为他最好的调色板，而信天游长篇叙事诗则是他贡献给文学世界的奇花异草。多年来，霍竹山用信天游这种文学方式创作了《走西口》《兰花花》《梁家河》等多部长篇叙事诗，在文坛产生了广泛深远的影响。这个“信天游”的拥有者与解谜者，在信天游的文化历史中起到了重要的里程碑作用。他填补了自李季《王贵与李香香》以来的信天游长篇叙事诗的空白，他的信天游诗学实践使我们得以窥见信天游浪漫主义与现实主义融合的美学。他通过自己辛勤的实践，最终找到了一条既适应信天游又符合新诗特质的诗歌创作之路。

信天游长篇叙事诗这种文学体裁最早见于诗人李季创作的《王贵与李香香》，茅盾曾对这部作品赞誉有加，称其“是一个卓越的创造，就说它是‘民族形式’的史诗，似乎也不过分”。信天游是流传在中国西北广大地区的一种民歌形式，以浪漫主义的比兴手法见长。在陕北它叫“信天游”，又称“顺天游”“小曲子”，在山西被称为“山曲”，在内蒙古则被叫作“爬山调”。老家在陕北靖边的诗人霍竹山，从小耳濡目染的都是信天游的调调，大人们唱的时候，他就听，就跟着哼。用他自己的话说，“似乎没这么几句信天游，这一天就不是完整的，这一顿饭就没了味道。……可以说从幼时起，信天游的种子就种在了我的身体里，成为我喉咙、舌头、牙齿、生活和梦境的一部分”。如此说来，信天游是霍竹山骨子里长出的东西，他使用得随心所欲也是必然。诚如霍竹山在一篇访谈中所说，“民歌是陕北人基因中无法改变的那一部分热情，是骨节与骨节起伏的节奏。它自有自己的根脉枝叶、起伏宛转、曲径通幽、凹凸沟壑，有它春日的明媚和墙壁的影子，有它直抵云霄的壮丽和大地深处的沉闷，它的余音戛然而止，所反映的这片大地上人们的生存哲学。在陕北，你看见的每个人也会很自觉不自觉地让你想起民歌中的哪句歌词，某一位三哥哥或四妹妹。陕北民歌能活这么久，而且依然活得生龙活虎，有它活下来的原因”。我想，这也是霍竹山用信天游来创作诗歌的原因。

如何突破传统的信天游写法，表现出更加丰富新颖别致的一面，霍竹山在他的一篇创作谈中说：“我在想现实主义的信天游中可否融入浪漫主义的色彩？如何更好地处理好叙事与抒情的关系，叙事诗肯定要在抒情基础上进行，但如何在叙事中抒情，也在抒情里叙事，我不能不说这很难，这才是我首要解决好的难题。……信天游作为一种民歌体发展到现在，写作者要是还一味地写‘山丹丹开花背坬坬红，你看见哥哥哪达儿亲’，那真的不如不写——这才是真正的无病呻吟！我想我的写作应该在继承传统的同时，赋予信天游新的内容和张力，让信天游这一已成为非遗保护的文化项目，为更多读者所喜欢并得以关注。”而这部《无定河》就是霍竹山这些观点的很好实践。

“红柳开花一树霞，红柳河边金鸡沙。”出生在红柳河——无定河上游红柳河边一个叫金鸡沙的村子的霍竹山，对家乡舐犊情深，那里的山山水水、风土人情等都是他的梦牵魂绕，家乡发生的一切变化他都时刻关注，熟稔在心。在改革开放四十年之际，他一直酝酿的一部信天游长篇叙事诗《无定河》水到渠成应运而生，他在这部长诗中找到了他所热爱的信天游的本真和不被破坏的诗性肌理。“无定河东流几千年，/几千年月儿照边关。//无定河东流几千里，/千回百转一桩桩事。”古老的无定河使诗人得以在历史的洪流中融进自己的独立洞察与民间视野，从而完成一个已经发生了的故事。这个故事是以信天游的方式而不是小说的方式完成的，它以歌谣的结构完整地叙述了改革开放以来无定河村翻天覆地的变化过程，以及这些变化怎样磨炼着无定河人的心与智、灵与肉。在我看来，这是一个伟大的文学创举，诗人不是一个在场的记录者，而是一个探寻这些变化深层意义的挖掘者，是把改革开放的背景成功渗透到作品中的时代诗写者。

美国当代诗人杰克·吉尔伯特说：“诗必须被创造出来，这样你才能让什么事发生。”《无定河》正是这样被创造出来的诗，它由十八章情节的歌谣和尾声集结而成。每一章都是一篇内涵丰富、妙趣横生的小故事，连缀起来又是一部遍布伏笔与呼应的专属于无定河发展变迁的大故事。独特的叙事方式为诗歌的多元化提供了难能可贵的路径，既易懂又深刻，既简朴又饱含生活的曲折。在诗中他并不直接描述无定河村人都受到过哪些苦难与伤痛，亦没有沦于无定河村年代更迭的日常琐事之中，而是抓住几个重点关键的人物，如村支书李永才、新时代改革标兵华成娃与屈彩英、植树劳模张改玲，还有村里几个典型人物屈老婆、赵大炮、杨二恼等，以及腐败分子王峰、屈平，他从这些关键人物身上着墨，从而接通了整个无定河的大现场，从他们的对话、行动以及所作所为中去抵达那些深层的根基与现实的存在。他写了无定河村怎样从“青黄不接没收成”“毛乌素沙漠风滚沙，/庄稼苗苗儿难长大”中，经过改革开放四十年，“站起来富起来强起来，/党带领咱一代又一代”，一步步发展“建成小康社会”的全过程。从包产到户分水地，再到屈家油坊人与霍窑乌素村人闹矛盾；从“分开了土地分散了心，/人人就像害了什么病？//公字分得一点也不剩，/好事情变成了坏事情”，再到“改革开放没几年，/乡亲们一个个观念变”，“再没什么盲流和游民，/随身只带一个身份证”；从“深圳请回来了华成娃”，再到“咱跟着党走进新时代”……那些充满了戏剧性的内在矛盾和耐人寻味的激烈冲突，使这部长篇叙事诗获得了少有的稠度。简洁的叙事，俏皮风趣的方言与约定俗成的古语、俗语，散发着一种词语没被破坏之前的质地。通过人物的对话来揭示人性、矛盾、苦难与欢乐，虽然这些人物各有各的表情与心理，但它们却都是生活原有的本真状态，当然还包括那些地理风貌，人心走向，村庄结构的分分合合，乡村秩序和权力结构的变化，改革开放对于一个村庄所引发的现代性焦虑，等等。他采用的是大时空的叙事技巧，以时间的走向从无定河的过去向现在的时态详细地描述所发生过的人与事。尽管是信天游这种简洁的节奏方式，却如小说的场景令人身临其境，特别是形式和结构上的整一性和连续性也完全可以作为一部小说来读。他集中了无定河村所有的关键人物，好的坏的，爱的恨的，善良的阴险的，复杂的纠结的，勤劳的懒惰的，思考的争辩的，失败的成功的……全部交织在一起，凡诗中出现的人物都担负一个角色，代表一种人性，他探讨了这些人性是如何发生的，它们的深层原因是什么，从而挖掘出无定河村之所以从衰败走到繁荣的真正根源。

另外，充满细节感的叙事与沉着内敛的抒情也是霍竹山这篇长诗的主要特色，他在现实主义的基础上增加了许多浪漫主义的想象，如“要是能借来牛郎的牛，/月亮上咱种它几百亩。//要是有个梯子能上天，/一犁翻了王母娘娘蟠桃园。”“恨不得房顶能种一分豆，/恨不得井台撒上白萝卜。//恨不得锅巷种上两畦畦菜，/恨不得水缸沿沿上栽海带。”这种让人一愣之余又会心一笑的想象力，既丰富了一种现实感，又增添了更多的文学趣味，灵动中透着淳朴的智慧。

除了呈现出传统的信天游与新诗的双重特征以及天人合一的和谐与歌谣的特质外，这部长篇叙事诗的出现又对传统的民歌形式进行了一种深入的挖掘与挽救。就如本书的内容提要中提到的：“在立足民间的基础上，在文学性的开拓上比传统的信天游更进一步。毕竟，早期的信天游几乎完全是乡土性的，传唱者或作者的文化知识相对较低。而《无定河》在充分尊重民间基调的同时，也提升了信天游的‘文化含量’。这种文化的提升也是今天这个文化膨胀的时代民间文学进一步发展的重要推动力。”当然，这也是诗人霍竹山所尽其力要给信天游一个全新风貌的价值所在，也是他创作这部《无定河》的文学意义。四十年改革开放的路程与无定河发展变迁的融合，霍竹山都通过“信天游”这把钥匙重新找回了它们的面貌。

美国女诗人艾德里安娜·里奇说“写作即重新命名”，霍竹山写作《无定河》即是如此。它是对信天游的重新命名，是对无定河那方山水的重新命名。《无定河》的问世不仅仅只是对改革开放四十年成果的歌颂与无定河村四十年变迁的重现，更是对历史与现实的一种重新审视与反观！

“红柳开花一树霞，红柳河边金鸡沙。”我出生在红柳河——无定河上游一个叫金鸡沙的村庄。十年前，为反映家乡改革开放三十年发生的变化，我写过一部信天游长篇叙事诗《金鸡沙》。但一直以来，对于这部信天游体的叙事长诗，总有一种意犹未尽的感觉。这让我不安，甚至不时地烦躁。在改革开放四十年之际，我开始修改这部十年前的长诗。2020年又逢决战脱贫攻坚、决胜全面建成小康社会的目标之年，我更觉得应当重新创作这部信天游长篇叙事诗……

——题记

mulu 目录

引　子

无定河东流几千年，
几千年月儿照边关。

无定河东流几千里，
千回百转一桩桩事。

一天三吃饭一打扮，
老天爷把事安排反！

流不完汗水受不尽苦，
庄稼人甚时候享过福？

黄土里生来黄土里长，
天就是老子地就是娘。

多少苦难多少歌，
天灾人祸没奈何……

有一桩事乡亲们都说好，
全面建成小康的大目标。

站起来富起来强起来，
党带领咱一代又一代！

电灯电话，楼上楼下，
无定河人把梦逮住啦！

一座座水库一串串景，
好日子说不完道不尽！

一　包产到户政策实在好

无定河似野马没缰绳，
东窜西跳谁也挡不定。

无定河边十八道滩，
一道滩一个小平原。

河西霍窑乌素不点灯，
屈家油坊河东夜游神。

霍窑乌素人家炊烟升，
屈家油坊又传来吵闹声。

都晓得祖先留下的一句话：
“霍窑乌素没穷的，屈家油坊没怂的！”

头顶一片天，脚踏一方地，
无定河里搅稠稀。

无定河边十八道滩

一道滩一个小平原

都晓得祖先留下的一句话

霍窑乌素没穷的，屈家油坊没怂的

包产到户政策实在好，
无定河人说：“我们又解放了！”

霍窑乌素水地庄稼绿蓁蓁，
屈家油坊人害上了红眼病。

砍柴的斧镰搂草的耙，
赵大炮带头讨说法：

“社会主义社会讲公平，
水地怎就不给我们分？”

“赶牲灵、养母猪、种水地，
——谁不知过好光景三件事！”

“脑上落点儿尘就当灰孙[①]，
谁是后娘养的外老婆生！”

灶里头添柴锅里头溢，
霍窑乌素华拴一肚子气：

“空心心萝卜缨子高，
霍窑乌素水地天上掉？”

① 灰孙：傻瓜。

包产到户政策实在好

无定河人说：我们又解放了

"男女老少学大寨，
屈家油坊骂我们灰脑袋[1]！"

年轻气盛嗓门儿高，
屈平说话像放鞭炮：

"脚上的裂子手上的茧，
谁不是面朝黄土背朝天！"

"你们抽水机陷泥滩，
屈家油坊熬了多少天？"

张改玲炕头剪窗花，
半天只说了一句话：

"牛皮灯笼心里亮，
谁出门路在肩膀上扛！"

屈老婆嘴头子不饶人，
话一出口就能结成冰：

"撒上一泡尿照一照影，
不要在这达达装大神！"

---

① 灰脑袋：愚笨痴呆。

男女老少学大寨

屈家油坊骂我们灰脑袋

"眼睛都长在脑门上，
还笑话霍窑乌素人没心肠！"

"霍窑乌素窗子过生[①]哩，
咱屈家油坊活活该饿死！"

人多嘴杂闹哄哄，
烟喷雾罩满窑洞。

"说话好像是毒苍蝇，
谁刨了你家的老祖坟！"

图死纳命一跳三丈高，
恨不能找一把杀猪刀。

屈家油坊有赵大炮，
霍窑乌素是杨二恼。

无定河支书王有才，
处事公道人正派：

"马瘦毛长尻壕子深，
谁娘胎里就是受苦的命！"

① 窗子过生：陕北民间农历八月初二是窗子的生日，要剪贴窗花给窗子过生日。

霍窑乌素窗子过生哩

咱屈家油坊活活该饿死

无定河支书王有才

处事公道人正派

“哪达达土地就姓旱，
你们怎不建抽水站？”

“人穷咱不能穷了志，
尽想着走路拾金子！”

王有才桌上磕烟锅，
村委会像蚂蚁塌了窝。

“十个指头不一般长，
支书你眼睛又没装裤裆！”

“霍窑乌素引水拉沙都出工，
他们头上虱子怎让咬我们？”

“大集体我们还有靠山，
单干了谁还把闲事管？”

“土地就好比命根根，
屈家油坊想分就给分？”

“三张麻纸糊驴脑，
屈家油坊脸面真不小！”

尖嘴嘴毛桃圆嘴嘴梨，
河东河西各说各的理。

没道理硬要争三分，
半前晌直吵到鸡叫鸣。

车对车来马对马，
谁也没句认怂话。

“怎不去银川分水稻，
怎不去延安分上一孔窑？”

“怎不去杭州分西湖，
怎不去上海分一条南京路？”

“——官司打到北京城，
河西水地都不会分河东！”

王有才口里出“圣旨”，
一群人灰下一群人喜。

猪尿脬打人惹一身骚，
屈家油坊全都愣住了！

老黄风刮起来满天沙，
河东河西从此绾疙瘩：

“宁裹皮袄睡炕板，
也不吃霍窑乌素八大碗！”

“碗里吃饭锅里瞅，
屈家油坊人心眼就是稠！”

“黑心黑肺黑肝花，
霍窑乌素尽都是黑老鸦！”

“给狗喂食还摇尾巴，
没见过屈家油坊这些灰杵沙[1]！”

---

① 灰杵沙：有脑残之意。

二　公道不过拈蛋蛋

一颗西瓜切八十一牙，
屈家油坊分地真利洒！

利益面前人心偏，
公道不过拈蛋蛋。

人人心里有个小算盘，
算珠子扒拉了几十遍。

土地牲畜编成号，
一家一户数人脑。

屈平婆姨临月肚子大，
上蹿下跳急着生娃娃。

屈彩英爷爷只剩一口气，
打针吃药也要等分完地。

利益面前人心偏

公道不过拈蛋蛋

一只小尾寒羊分两家，
赵大炮分了包旧棉花。

没打的庄稼分捆捆，
一片树林分了七十二份。

“现代化”就一台粉碎机，
分给谁家也不愿意。

值钱财产是怀骡子驴，
十几户分走合伙儿喂。

二饼子牛车[①]没人要，
屈老汉拾揽的当柴烧。

长退短补账顶账，
生产队分成空壳郎。

分开了土地分散了心，
人人好像害了一场病？

公字分得一点也不剩，
好事情变成了坏事情！

---

① 二饼子牛车：一种木轮的牛拉车。

屈家油坊选队长，
驴踢狗咬没人当。

屈老婆出主意定队长，
按户一家一年往下当。

霍窑乌素召开社员会，
条条框框定了一大堆。

一卜树不开两样花，
水地旱地分一达。

水地分不平旱地补，
众人言语就是道理部。

一句话不分绺绺田，
种地轻松管理也方便。

抽水站依旧归集体，
浇地按时间摊水费。

张改玲土地换林地，
一家人分了小滩子。

“家有三百柳，吃穿不发愁”，
张改玲要发展林和牧。

小滩子过去是没毛滩，
造林全凭民兵大会战。

华拴思谋搞养殖，
猪食桶里捞票子。

人家分羊分驴骡，
他带崽儿母猪分一窝。

“屈老婆的嘴赵大炮的腿，
杨二恼恼下不怕冒滚水。”

无定河一道庄三个宝，
走到哪达达都少不了！

杨二恼什么都想分，
树圪桩戳在人当中。

想分牲畜想分林，
还想分河湾的“白菜心”！

华拴思谋搞养殖

猪食桶里捞票子

“我娃娃多就该多一份，
生产队不能捉老实人！”

“老鼠生儿子只图数，
你的娃娃怎跟队里要特殊？”

理亏说话舌不展，
自古好事凑不全。

众人言语斩人刀，
杨二恼自己把自己惹下了：

小眼窝一眯黑愤愤[①]，
谁都欠下他几两银。

一个人不声不响灰塌塌，
嘴噘得能拴二十四匹马。

① 黑愤愤：发怒。

三　华成娃好上屈彩英

萝卜缨缨调苦菜，
你妈妈生你人人爱。

山桃儿开花九卷卷，
你妈妈生你花眼眼。

灶火烧柴我给你扇，
缸里没水我给你担。

沙枣涩来油枣甜，
就怕咱二人没有缘！

清水河鸭子浑水河鹅，
就怕妹妹你看不上我。

一眼能化开黄河的冰，
两眼看不透妹妹的心。

丝溜溜东南风满天云，
你道是有晴还是无晴？

收到华成娃“鸡毛信”，
屈彩英几黑夜没睡成。

从小学念书到高中，
多少回话到嘴边停。

路边的黄蒿地塄的草，
你到底看妹妹哪达达好？

阳坡的圪针背坬的艾，
妹妹我不值得哥哥爱。

树上的喜鹊喳喳叫，
哥哥的心思我知道。

黄芥地里带豌豆，
妹妹我不值你留想头。

喜鹊鹊报喜绕树梢，
妹妹不知道说甚好。

老妈妈当家认死理，
女子都不能嫁河西！

当天上生起一圪垯云，
谁知道下雨还是空刮风？

隔山隔水隔不住音，
一声信天游一封封信。

晴天阴天稍阴阴①天，
哪一天你都在眼前……

来来回回三年整，
华成娃复员回了村。

对对蝴蝶对对飞，
对对花朵儿亲嘴嘴。

对对柜子对对箱，
对对凳子成一个双。

对对穿衣镜柜上摆，
就是等不到妹妹来。

---

① 稍阴阴：半晴半阴。

来来回回三年整

华成娃复员回了村

对对唢呐对对号，
就哥哥我一个单爪爪。

荞麦开花花包头，
是非黑白我清楚。

两圪垯石头一圪垯泥，
要和我交朋友要考验你。

驴粪蛋上落了层霜，
太阳一出来就露真相。

交朋友不交毒赌偷，
唱歌就要唱信天游。

不会信天游你没才，
跑断了双腿也活该！

春风风吹绿杨柳梢，
哥哥想妹妹好心焦。

天上的花鸨地下的鸡，
绕来绕去我绕住个你。

两圪垯石头一圪垯泥

要和我交朋友要考验你

蜜蜂飞在花朵朵上，
一心心只把妹妹想。

发一回山水冲一层泥，
想一回妹妹蜕一层皮。

炕暖煨那个悠悠火，
想起妹妹就不由我！

大雁展翅飞万里，
妹妹没有看错你。

宝石圪垯土里头埋，
没想到哥哥真有才！

夜蝙蝠长的夜光眼，
妹妹头发长来见识浅。

荞麦扬花花秆秆红，
你原谅妹妹人年轻。

前沟里野雀雀哄人哩，
还当是妹妹唱歌哩。

后沟里水泉子哄人哩，
一搂跌了哥哥一身泥。

东山上杏树哄人哩，
抱定才知不是妹妹你。

玻璃窗子哄人哩，
亲了一口是冰花哩。

放羊老汉哄人哩，
错把山羊当马骑。

想你想你真想你，
变个蝴蝶跟上你。

牡丹花艳叶儿好，
蝴蝶飞来把花绕。

你在家我飞上你的窗棂棂，
在田里我跟着你的眼仁仁。

想妹妹想得迷了窍，
走路跌进了洋芋窖。

稠的拨拉稀的喝，
吃饭不知冷热哩。

反盖被子错枕袄，
睡觉不知颠倒哩。

水桶挂在辘轳把，
还当是井绳盘错哩。

月亮底下晒阳哩，
不知白天黑夜哩！

肝花想碎心想烂，
骨石马马想得反长转。

水绕着山转山绕着水，
万水千山就想哥哥你。

你身上的妹妹在梦里，
我身上的哥哥在心底。

你身上的妹妹知冷暖，
我身上的哥哥一座山。

两圪垯黄土和一团泥，
你中有我来我中有你。

哥哥哪一天发烧哩，
妹妹的心上擂鼓哩。

哥哥哪天梦游哩，
操心妹妹拴住哩。

沟里一条河等你哩，
哥哥不来噘着嘴哩。

前院一棵杨树等你哩，
哥哥不来脖子伸得老长哩。

沙梁一朵云彩等你哩，
哥哥不来毛眼眼淌泪哩。

听见哥哥口哨响，
梳洗打扮换衣裳。

看见哥哥翻过了墙，
一舌头舔烂三孔窗。

听见哥哥口哨响

梳洗打扮换衣裳

梦见哥哥门前站，
半夜捣糕铺棉毡。

妹妹等着哥哥哩，
花轿梦里抬了几回哩……

你来我往两年半，
辛苦了赵大炮“邮递员”。

华成娃好上屈彩英，
无定河村传得一哇声。

华拴人面前矮三分，
屈老婆好像丢了魂。

“长城里外花连着花，
咋瞅下河东的灰杵沙！”

“黑老鸦叫起来没好事，
不能给河西输这口气！”

华成娃好上屈彩英

无定河村传得一哇声

四　就数屈家油坊怪事多

麻雀雀飞进了鸽子窝，
就数屈家油坊怪事多！

他说你占了一铧地，
你告他毁林剥树皮。

崔家说刘家驴打野，
刘家嫌崔家羊没圈。

一圪垯云彩风刮开，
断官司忙坏支书王有才：

“玉米地有心长腿跑，
地笆子[①] 就是铁脚镣。”

① 地笆子：登记土地的账簿。

"有你冤枉债，不怕胡思赖[1]，
谁家门上也没挂无事牌。"

"鸡毛蒜皮当饭吃，
拔青苗就是村盖子。"

"谁要是想着把便宜占，
我给他个筛筛尿不满！"

前庄的官司刚断完，
后庄屈老婆来操蛋：

"左手浆浆右手胶，
华成娃把彩英缠住了！"

"整天像狸猫溜墙壕，
半夜学老鼠吱吱叫。"

"苍蝇不叮没缝缝的蛋，
你不问问彩英愿不愿？"

"谁不说华成娃是好材材，
你不要得了便宜还卖乖！"

---

① 胡思赖：胡说八道之意。

“蚂蚁挣死细腰腰，
华成娃赶老也不超毛[①]！”

“想配我家彩英想得美，
除非无定河倒流黄河水！”

“他王叔你给走个后门，
就让华成娃到外面做营生。”

“华成娃立功回家乡，
给咱无定河争了多少光！”

“华成娃屈彩英多般配，
哪达找下这么一对对！”

没等屈老婆出家门，
赵大炮又来搬救星：

“有钱难买后悔药，
烂棉花算把我害苦了！”

“只想娃娃们穿暖和，
没想到老婆不依我。”

---

① 不超毛：成不了大事。

“眼睛瞎了几咯膊深，
当时怎不问婆姨行不行？”

“你姐姐能说又会道，
还用我王有才把腿跑？”

屈老婆站门口直嚷嚷：
“谁不知我弟媳‘问不响’！”

“打锣听音，说话听声，
响不响要看你理端正。”

不管王有才说成甚，
姐弟俩拉上就起身。

东一榔头西一棒，
屈老婆一路埋怨“问不响”：

“我兄弟就是人实在，
把男人当成面团揣！”

“赶鸭子上树枉费力，
论苦水无定河谁能比？”

“我跟‘问不响’拍不着火，
就辛苦他王叔说一说！”

屈老婆扬手走得欢，
大步小步像狼追赶。

“想吃油糕怕油嘴，
遇上你我算倒了八辈霉！”

赵大炮拉定王有才：
“不晓得我姐就嘴快！”

三间房子看成一间半，
赵大炮比十年前还可怜。

贼来了不怕客来了怕，
家里头穷得光塌塌。

顺山大炕两条毡，
窟窿眼窍稀巴烂。

家具只一对“喜”字箱，
三个赤尻子娃娃坐炕上！

赋来了不怕客来了怕

家里头穷得光塌塌

王有才心里一阵阵酸，
“我当支书还不如当羊倌！”

“常拿没饿死人当功劳，
乡亲们还说我是好领导！”

“新社会旧社会两重天，
乡亲们怎还过得这样可怜！”

赵大炮灰眉揺眼抬不起头，
“问不响”抹不尽泪珠珠：

“世古人说寻汉寻饭哩，
我当奴卖身是搬筋[①]哩！”

“羊子不养猪不喂，
老鼠进门长出一口气！”

“骑上干草当飞机，
咱贫农就该贫到底？”

“人家肥正月瘦二月，
我家过年娃娃套雀雀。”

①搬筋：有折腾、胡整之意。

“活着还不如死了好，
死了还能穿一件大红袍……”

一卜树长了九股叉，
王有才半天说不出话。

浑身好像扎了枣圪针，
走不能走来窥不能窥：

“过光景好比划水船，
不怕你慢来就怕站。”

“庄稼没肥料没劲儿长，
猪猪羊羊给咱开银行。”

“土地如今分到自己家，
咱人勤光景就赖不下。”

“一亩地多打二斗粮，
再也不用饿肚子受恓惶！”

五　谁给庄稼们叫回了魂

选队长不是要家家，
霍窑乌素瞅下华成娃。

又有文化又当过兵，
见过大世面懂礼信。

“乡亲们信任是责任，
我保证把这一碗水端平。”

“分开做生活合起想办法，
霍窑乌素发展还要靠大家。”

老天爷高兴了看人面，
风调雨顺一九八〇年。

冬天的大雪春天的墒，
老天爷送来了半年粮。

选队长不是耍家家

霍窑乌素瞅下华成娃

蚕儿吃桑叶吐丝丝，
华成娃心头有主意：

房前屋后栽了花果树，
路畔水渠到处插上柳。

架上的葫芦地畔的瓜，
圪里圪崂种上向阳花。

麦地畦埂埂种大豆，
玉米地套种黄萝卜。

一分地当成二分种，
麻子就撒在黑豆林。

河湾湾掏地种蔬菜，
毛乌素沙里种沙芥。

锄头自带三分水，
地锄三遍顶一场雨。

头伏荞麦二伏芥，
三伏里头种白菜。

庄稼最懂得报恩情，
看着人眼色长成风……

乡亲们还说不足心：
“浑身劲儿使了没一升！”

“要是毛乌素沙漠变成滩，
咱几十个牛工也种不完。”

“要是山沟能拉扯平，
家家户户就把稻子种。”

“要是能借来牛郎的牛，
月亮上咱种它几百亩。”

“要是有个梯子能上天，
一犁翻了王母娘娘蟠桃园。”

“辣椒要是能像吊篮挂，
咱家家墙崖就空不下！”

“玉米要是长成大杨树，
棒子一定结得像碾轱辘。”

屈家油坊人到处笑，
霍窑乌素实实穷疯了：

“恨不得房顶能种一分豆，
恨不得井台撒上白萝卜。”

“恨不得锅巷种上两畦畦菜，
恨不得水缸沿沿上栽海带。”

没偷没抢没哄骗，
霍窑乌素人装作没听见。

五月豌豆香，六月麦子黄，
七月糜谷穗子二尺长。

十五垧地高粱一片红，
小沙窝荞麦挂满灯笼。

山药蛋像瞎老翻地皮，
老牛偷懒卧在麻子地。

青椒椒辣子紫皮皮蒜，
红豆角角长了一尺三。

一颗南瓜像碾轱辘，
就是没一口大锅煮。

白菜长得像树圪桩，
三颗就能腌一大缸。

王有才带大家来参观，
庄稼人看庄稼当稀罕！

“霍窑乌素还搞‘大跃进’，
自己打自己也不知道疼？”

“糜谷穗是不是缝一达，
玉米棒子是不是做了假？”

翻转调转都看了个遍，
一个针线疤疤也没找见！

屈家油坊几个人都瓷定：
“谁给庄稼们叫回了魂！”

“难道华成娃会解箍咒，
庄稼根根上都抹了油？”

霍窑乌素还搞“大跃进”

自己打自己也不知道疼

“还说屈家油坊大丰收，
比起霍窑乌素咱羞不羞！”

“就让华成娃教大家庄稼经，
咱也给土地叫一回魂？”

王有才带头鼓起了掌，
把华成娃硬拉在地埂上：

“哪有甚咒语哪有甚经，
一冬天乌审旗驮羊粪！”

“墙壕的老土铲了几层，
树林里的蒿草直刮尽。”

“搅拌上沙土浇上水，
哪一块地里没一层肥！”

“糜子锄三灿[①]捞两灿[②]，
滚下的黄米一颗颗圆。”

“东山的日头背到西山，
乡亲们都还嫌日子短！”

---

① 三灿：三次。

② 两灿：两次。

哪有甚咒语哪有甚经

一冬天乌审旗驮羊粪

一阵掌声一阵笑语声，
一阵就来了好几拨人。

“庄稼像气管子吹了气，
霍窑乌素人难道会耍把戏？”

“一片片丰收一幅幅画，
就像给庄稼施了魔法！”

“科学种田才是灵神神，
咱庙庙里烧香不中用！”

“咱人老几辈子庄稼汉，
还真的要跟霍窑乌素学经验！”

“土地真格儿像有了魂，
大寨玉米长得也没这么疯！”

乡亲们一句话说得好，
“好政策给咱撑硬了腰！”

自己给自己把工揽，
无定河变成了米粮川……

六　无定河村背靠毛乌素

无定河村背靠毛乌素，
庄稼人吃尽了风沙苦。

一斗河水三升沙，
沙进人退风当家。

毛乌素沙漠风滚沙，
眼盯着炊烟寻人家。

地里玉米苗才露头，
一场风刮得光溜溜。

黄鼠打洞“瞎老”刨，[①]
从春到夏捉青苗。

捉青苗就好比抚孩子，
抚孩子还不怕误节气！

① 黄鼠、“瞎老”：两种个头较大的鼠。

捉青苗好比抚孩子

抚孩子还不怕误节气

眼瞅着田苗子绿蓁蓁，
一场好雨比娘老子亲。

一年两头旱八月飞雪花，
丰收不知道藏在哪达达。

夏入仓哩秋上场哩，
心上的石头才落地！

“大跃进”吹牛皮放卫星，
糜子亩产八千八百八十斤。

几块地的庄稼背一达，
谷穗穗捆成了蚂蚱蚱[1]。

出工的号声收工的锣，
无定河十八滩好红火！

打坝平地人挤人，
腰来腿不来磨洋工。

脚踩着土地头顶着天，
就盼太阳早早落西山。

---

① 蚂蚱蚱：多脚虫。

三年自然灾害没吃的，
榆树皮棉蓬籽填肚子。

毛乌素草籽当口粮，
无定河捞鱼度春荒。

毛乌素要是糜谷堆，
说什么咱也饿不起。

无定河要是流成油，
再不用天天为吃喝愁……

老天爷造人就没造好，
人怎不能像牲畜也吃草！

老天爷造人就没造好，
人怎不能长膀膀变成鸟！

打碗碗花开就地红，
乡亲们唉声叹气没精神：

“人要是像柳树不吃饭，
咱天天阳圪崂挤暖暖[①]！”

①挤暖暖：在冬天向阳处，孩子们挤在一起取暖。

人要是像柳树不吃饭

咱天天阳圪崂挤暖暖

“布证油证棉花证，
怎不发一张见阎王的通行证！”

谁敢说社会主义一点坏，
“反革命”帽子正愁没人戴。

一个搬头罐罐是家产，
一床新婚被子满庄借了个遍。

婆姨汉伙穿一条裤，
娃娃一个个光屁股。

少吃没喝过了一个年，
米缸缸面瓮瓮底朝天。

熬一锅酸菜没一滴油，
多少人没奈何走西口……

屈平从小鬼主意多，
走路都想天上下白馍。

十个指头不想抠地皮，
就想着哪达儿吃一嘴。

“宁夏川，两头尖，
金川银川米粮川。”

毛头柳树十八条椽，
屈平偷偷走下马关。

骡子摘铃铛驴笼嘴，
黑夜走小路白天睡。

起身拉一车柳椽椽，
回来粮颗子吃半年。

贼不犯事是次数少，
一九七二年屈平倒糟了。

“投机倒把”分指标，
屈平想跑没跑了。

家里门外搜了个遍，
贫农能吃上大米白面？

大会上批判小会上斗，
直把个名声搞了个臭！

借人家灵棚哭自己苦，
满肚子的委屈没处诉。

“黑白不分方的说成圆，
干部带上社员挛蛋蛋！”

“谁不恨万恶的旧社会，
公社了，怎还叫人活受罪？”

屈老婆发牢骚要能耐，
坐了一回禁闭还显摆：

“县城就比咱农村好，
四两玉米窝顿顿能吃饱……”

霍窑乌素学大寨，
发展水利抗灾害。

打坝整地修筑防风墙，
县里“三干会”受表扬。

抽水机一响不怕旱，
水地就好比刮金板。

数九寒天落一层霜，
囤囤里有粮心不慌。

“天旱了，火着了，
寡妇娃娃没人养活了！”

屈家油坊祈雨求龙王，
吃一顿贺雨牲半年香。

返销粮谁也吃不成，
都填了屈家油坊的无底洞。

青黄不接有支书王有才，
欠下了霍窑乌素一堆债！

高粱玉米红薯干，
过年还要“三合一”饺子面！

人人口张得像窑门洞，
屈家油坊生下吃现成！

“饥屁冷尿热瞌睡，
甚时能舒服得打鼾水[①]！”

① 打鼾水：打呼噜。

屈家油坊祈雨求龙王

吃一顿贺雨牲半年香

“楼上楼下，电灯电话，
咱就海吃浪喝愣蹬打[①]！”

“咱要是能活到那一天，
看一眼死了也无怨言！”

“早死了咱也好早投胎，
下辈子不转无定河来！”

都知屈老婆说话没把把，
乡亲们还爱听她胡咯嗒[②]……

① 海吃浪喝愣蹬打：吃穿随意。
② 胡咯嗒：想说什么就说什么。

七　老皇历咱还是看着翻

无定河东流入黄河，
浪花花荡着一支歌。

无定河东流鱼儿欢腾，
河西河东一片丰收景……

长不过夏至短不过冬，
老天爷爷留下个人爱人。

华成娃屈彩英一对对，
还少不了媒人跑几回！

霍窑乌素屈家油坊死对头，
隔一条无定河还顶牛。

“屈老婆那张母老虎嘴，
谁自找麻烦说这个媒！”

一心想两个队能和好，
“我就倚老卖一回老。”

“红花花还要绿叶叶配，
我王有才骨头咬不碎！”

“我家彩英一枝花，
无定河十八道滩谁不夸！”

“我家彩英一根葱，
张畔街后生都撵一群！”

“我家彩英一颗星，
没个上天的梯子还骚情！”

“我家彩英一幅画，
怎能嫁给霍窑乌素黑老鸦！”

屈老婆说话不留情，
唾沫星子能淹死人。

“自古寡妇女百家求，
谁家不为女子瞅好主？”

“什么蔓上结什么瓜，
从小喝无定河水长大！”

“部队培养出的好苗苗，
打上个灯笼也难找！”

没等王有才话说完，
屈老婆甩抹布放眉脸：

“霍窑乌素人还娶婆姨？
枕上白馍馍搂上水地！”

揣着精明装糊涂，
王有才点烟敲边鼓：

“宁拆十座庙不毁一门亲，
谁家不想成就个好婚姻？”

“他屈婶你要想周全，
错过了渡口就误了船！”

华成娃要想娶彩英，
屈家条件一样少不成：

“楼上楼下，电灯电话，
席梦思床垫垫皮沙发。”

“三金两银‘一窝机’[①]，
自行车要套上软皮皮。”

“无定河上搭彩门，
八抬大轿来迎亲。”

王有才当支书十几年，
第一回遇上个老刁钻：

“男大当婚女大当嫁，
自由恋爱开幸福花。”

“养下身子养不下心，
彩英意见咱还得听一听。”

“家有千口主事一人，
我就是屈家的定盘星。”

“是脚不是脚直往靴里插，
也不看看自己的毛蹄爪！”

---

① 一窝机：指收录机、洗衣机、缝纫机等。

无定河上搭彩门

八抬大轿来迎亲

屈老婆前窑要威风，
后窑气坏了屈彩英。

双手手推门两眼眼泪：
“改革开放了，你还当旧社会！”

“雾柳兜子结柳箍，
我的事情我自己会做主。”

“打开窗子说亮话，
这辈子我就嫁华成娃。”

“有品有貌有才华，
扎进我眼睛再难拔！”

屈彩英扭头出了门，
屈老婆跳起娘娘神：

“不知羞愧不害臊，
老娘面前你亮甚膘？”

“只要我老婆子气没咽，
华成娃别想踏进门边边！”

“清油调苦菜各自取心爱，
土埋到脖子了还没活明白？”

“尔格年轻人有志向，
谁把吃饱饭当理想！”

“燕娃娃出窝各自飞，
咱不要搅和拉后腿。”

“麻雀也有瓜子大的脸，
儿女的事咱还是不要管。”

屈老婆毒气没处撒，
一屁股压烂木马扎。

倒在地上还气哼哼，
恨不得一口吃上个人。

王有才想笑抿住嘴，
拉起屈老婆自叹气：

“岁数不饶人还逞强，
气大伤身咱称不上！”

“老皇历咱还是看着翻，
什么事情都要顺自然！”

“天上说下个雀雀也没用，
不要脸的东西她嫁不成！”

“不怕你支书磨烂嘴，
掀下红崖我不掉一颗泪！”

种了些白菜出来些草，
王有才满肚子鬼火冒。

半前晌说到半后晌，
就好像给死娃娃灌米汤。

“咬住个牛屎不换饼，
好话你怎就听不进？”

“等女子抱回一个外孙孙，
你老婆嚎丧怕都跌不上来韵！”

八　燕娃子离窝翅膀硬

乡亲们个个观念变，
打工闯天下很普遍。

再没什么盲流和游民，
随身只带一个身份证。

坐着不踏实睡不安稳，
没文化怎就像害甚病？

还说穿衣吃饭亮家当，
女子把箱底抖了个光。

还说吃饱饭了肚皮白，
没想到人闲下生歪怪。

打工闯天下成时髦，
谁都想出去跑一跑。

打工闯天下成时髦

谁都想出去跑一跑

男子汉窝家不争气，
挣不来票子挣面子。

山丹丹开花在背坬坬，
屈老婆养下个按嘴巴[1]。

自古“丑事传千里”，
传得无定河人人知。

一句话赛过两响炮，
“屈彩英跟华成娃私奔了！”

有人见银川两人手拉手，
有人说西安公园亲口口。

“屈彩英腆着个大肚子，
就像电视里的两口子！”

“黄河流凌冰碰冰，
咱屈家油坊算是倒霉运……”

坐上火车东南飞，
华成娃屈彩英一对对。

---

① 按嘴巴：想说而不能说话之意。

几年来开饭馆摆地摊，
吃得苦一火车装不完。

当过学徒做过推销员，
七十二行行行当状元。

“这一回深圳建服装厂，
再不没有退路只能上。”

“哪达跌倒哪达站起来，
妹妹就喜欢哥哥不言败。”

“不是怕妹妹你抱怨我，
隔行取利真还没把握！”

“谁天生就是庄稼命，
咱行行不都做成功！”

屈彩英鼓励华成娃，
“相信哥哥才跟上你瓜[①]。”

又当老板又是小工，
天天跟时间赛蹦蹦。

---

①瓜：这里是私奔的意思。

又是设计师又是模特，
要有个分身术正适合。

人凭衣衫马靠鞍，
新款式还要跟老样学。

质量和信誉是根本，
传统不能丢最要紧。

都说穿衣服看面料，
咱还要讲究式样好。

注册“兰花花”打品牌，
不信把深圳闯不开！

陕北高原来到大海边，
华成娃屈彩英不习惯。

大米饭里煮虾米，
不如咱山药蛋蛋味道美！

海味儿怎比猪羊肉？
顿顿饭想着小米粥！

太阳出来好像浇了水，
晴死的天气也有几分霉。

一天要是不冲两回澡，
身上就像长了一层毛。

金圪崂来银圪崂，
不如咱陕北的土圪崂：

红枣绿豆山药蛋，
山里滩里都是土特产。

冬暖夏凉的土窑洞，
一棵棵毛头柳树都看见亲！

桃花花红杏花花白，
无定河在高原上舞彩带……

屈彩英笑华成娃没出息，
“就知米酒油馍馍最好吃。”

华成娃说屈彩英胆子大，
“揽什么活儿都不害怕。”

金圪崂来银圪崂

不如咱陕北的土圪崂

谁拿起橘子不剥皮，
谁找西瓜刀切椰子！

谁把吹风机认空调，
谁拿擦脸油当牙膏！

谁半夜里想家直哭醒，
谁把家乡天气预报当歌听……

玩笑声里又想起了家，
梦里响着无定河的浪花花。

咱也是无定河流大海，
随乡入俗要把习惯改。

拉住手两人相对着笑，
咱一定好好学广东佬。

人家会做的咱要内行，
人家敢吃的咱就说香。

墙头上跑马兜一回风，
咱老陕深圳逞一回能！

燕娃子出窝翅膀硬，
“兰花花”服装出了名。

中西式结合创品牌，
一年就在深圳流行开。

针针线线不差半毫厘，
一件件衣服都讲工艺。

邮电服装还没做完，
又接下工商一大单。

有米不怕蒸不成糕，
效益一天比一天好！

华成娃深圳当老板，
无定河传到张家畔。

“老辈人说远田不养家，
改革开放甚都大变化！”

“无定河年轻人到处跑，
还不是图红火凑热闹！”

燕娃子出窝翅膀硬

“兰花花”服装出了名

“就数华成娃见识高，
找上门头脚道才能站住脚。”

“屈老婆眼睛里没有水，
不识踢起土的好女婿！”

听说华成娃深圳成了事，
赵大炮让“问不响”鼓动起：

“打断骨头连着筋，
什么亲比得上娘舅亲！”

“你半辈子就知瞎跑腿，
现成饭好歹咱吃一嘴。”

“华成娃当初写来信，
还不是你给彩英送！”

“没功劳怎么也有苦劳，
照门扫院咱还捞得到。”

深圳离咱陕北没多远，
坐上火车也就三两天。

粉条小米背了一大堆，
看一回外甥吃不了亏。

叫一声成娃和彩英：
“舅舅没本事我来投奔。”

“尔格咱农村就是缺钱，
娃娃供书念字[①]又不能缓。”

“缝纫锁边活儿我不会，
忙前跑后舅舅飞毛腿。”

乡音好似无定河水，
屈彩英转身掉眼泪。

都是一个穷惹下的事，
再没人咒河东骂河西！

金滩银滩十八道滩，
家长里短就拉不完……

赵大炮前脚才站稳，
后脚跟来一群乡亲们：

---

① 供书念字：意指上学。

“兰花花服装厂正招工，
咱无定河人都免培训。”

赵大炮说大话没人信，
“流行歌也不如咱乡音！”

爬山虎没脚墙上爬，
无定河传开一句话：

“深圳天上下的都是钱，
就看你会捡不会捡！”

九　植树劳模张改玲

无定河东流一道景，
映着乡亲们的爱和梦。

无定河东流一幅画，
万里长卷也画不下……

天连着树树连着天，
小滩子一望绿满眼。

沙漠里笑沙漠里哭，
二十年绿了毛乌素。

植树劳模张改玲，
无定河人叫她“沙漠总统”。

三月里桃花开满沙，
五月杏儿枝头上挂。

植树劳模张改玲

无定河人叫她“沙漠总统”

参天的白杨扫地的柳，
绿格筝筝的是松柏树。

二道沙梁下九里滩，
满道滩沙柳最好看。

沙蒿沙米沙打旺，
沙棘长成一堵墙。

沙枣开花喷鼻儿香，
都把花树树叫花棒。

紫花苜蓿地飘彩云，
蜂飞蝶绕呀爱死人！

树林里野兔到处跑，
小松鼠倏溜一下上树梢。

大榆树上喜鹊叫喳喳，
头道海子鹭鸶飞起又落下。

红瓤子西瓜一包水，
小滩子变成绿翡翠。

芨芨扬花穗穗青，
手不识闲张改玲。

自从分下了小滩子，
一家人起早贪黑过日子。

没等小滩子全绿化，
又承包下万亩二道沙。

沙漠里吃来沙漠里住，
一个个都像是沙老鼠。

米儿面，搅搅团，
抓儿不如抓老汉。

春天的光阴金不换，
一天恨不能当两天。

时间要是能掰成瓣，
把黑夜掰得撂一边。

时间要是能拉得住，
出门就把拖拉机雇……

栽一棵树苗浇一桶水，
覆上塑料薄膜保墒气。

栽一棵树苗流一身汗，
忙死累活谁也没怨言。

栽一棵树苗绿一片沙，
好比养育一群树娃娃。

羊羔羔落地四蹄蹄刨，
起鸡叫睡半夜不说熬。

六月的雷声不空回，
有钱难买的是饱墒雨。

张改玲半夜跑回村，
叫来乡亲们一大群。

一人一锨一口袋，
驴驮人背进沙来。

挖的挖来种的种，
就好像一条长蛇阵。

铁锹起来镢头落，
就好像千万把风沙锁。

众人拾柴火焰高，
抢墒踏苜蓿种柠条。

二细子[①]草帽遮荫凉，
头上汗珠脚把子上淌。

天河调转秋风起，
栽柳插杨正当时。

太阳催得急赶得紧，
节气像鞭子不饶人。

柳杆子杨树梢堆成山，
“什么时候汗水才能干！”

“一个个累得散了架，
咱年年忙活图个啥？”

老汉抱怨儿子皱眉头，
“毛乌素跟你有多大的仇！”

---

① 二细子：两根细绳。

众人拾柴火焰高

抢墒踏苜蓿种柠条

“犁不到头卸不成牛，
想成事怎能怕吃苦！”

媳妇踩着婆婆脚步走，
张改玲手扶树苗话出口：

“多少年风沙吞了多少地，
咱几辈人遭受了多少罪？”

“不能好了伤疤忘了疼，
饿肚子那些年谁没恨！”

露头的草芽遭霜打，
老汉和儿子变哑巴。

多少年栽了多少树，
一堆铁锨磨成秃圪堵。

多少年种了多少草，
黑发熬成个秋白茅。

毛乌素摆下圈沙阵，
赶不走沙漠不歇工……

十　煤油灯上孵了一窝鸡

三轮蹦蹦呼噜噜响，
华拴回到了养殖场。

宁条梁逢集跑得欢，
三头壮猪卖了个好价钱。

下了一回馆子吃了一碗肉，
还给老婆买了香皂擦脸油。

吃不愁来穿不愁，
如今日子有盼头：

过两年买一辆小皮卡，
什么样鬼天气都不怕。

过两年建一幢小洋楼，
城里人有的咱都要有！

梭芭圪堵[①]改不成板，
杨二恼又跑来学经验。

十年前杨二恼不相信，
猪啊鸡呀还能成了精。

除非鸡娃子飞上了天，
老母猪下一窝金蛋蛋！

华拴自个儿也后憔[②]，
扶贫贷款都不敢要。

挣不下钱财不要紧，
只当汗珠子落了空。

跌下一洼饥荒把人丢，
儿孙手上都抬不起头！

“猪还是猪来鸡还是鸡，
华拴是不是哪达藏秘密？”

“听说过撒豆成兵的障眼法，
华拴是不是解开了什么卦？”

---

① 梭芭圪堵：用来扎扫帚的一种野草。
② 后憔：担心的意思。

杨二恼前后看了个遍，
又拿起书本本挨着翻。

“华成娃寄来了一箱书，
这书本本真是黄金屋！”

杨二恼两眼放起了光，
抖着书：“我怎没听见金子响？”

“科学养殖是关键，
鸡粪喂猪才能节省钱！”

“过光景就好比喂小鸡，
母鸡下蛋公鸡叫日子！”

没知识甚事干不成，
华拴书本上学真经。

煤油灯上孵了一窝鸡，
科学技术比法术还神奇！

满院小鸡滚着毛线团，
心窝窝像打翻蜜罐罐。

没知识甚事干不成

华拴书本上学真经

三斗玉米二升豆，
大猪小猪都光溜溜。

猪还是猪来鸡还是鸡，
就像吃了什么“快长剂”！

给猪洗澡给鸡点电灯，
“对我大我也没这样亲！”

杨二恼短吁长叹不住声，
就像谁抢了他的好光景。

眼看着人家都富起来，
杨二恼心里头不自在。

“财神爷爷你倒眼窝，
我杨二恼家门又没上锁。”

“走错门你也来串一串，
还怕我杨二恼不管饭！”

一年年就知道瞎折腾，
搬埋了老坟又请巫神。

安正来安正去没顶事，
出了门还是见不上喜。

谁家敬财神他恼谁家，
隔三差五上门敲怪话。

“财神又不是你先人，
我家敬奉你着急甚？”

“你把财神请在家里供，
我要烧香也没地方寻！”

争来吵去闹个不停，
还得找王有才去理论：

“你吃饱了闲得没事干，
也不说把庄稼锄两遍。”

“财神爷爷眼睛像明灯，
看也不看懒汉糊脑孙！”

杨二恼笑话一河滩，
十里八乡传了个远。

都说杨二恼榆木脑，
做事儿总是不开窍。

多少年是脑子生了锈，
还念大集体的小九九！

华拴一心要帮杨二恼，
“不能只想吃饭不箍灶。”

“我给你小鸡儿你养鸡，
鸡生蛋蛋生鸡过日子。”

“鸡蛋生财比敬神神强，
瘦死的生活也能喂胖！”

杨二恼这一回再没恼，
顺便拉了两缸鸡饲料。

穷猴放不住隔夜粮，
就盼小鸡儿快快长。

“冬公鸡，夏草鸡，
小鸡炖上蘑菇吃。”

“鸡蛋要是骆驼下，
一颗就有脸盆大。”

鸡娃子喂大吃了个光，
还说跑来两只黄鼠狼！

华拴张改玲结对子，
简易路修到小滩子。

“你的猪在我圈里喂，
我的草在你沙里长。”

有心人甚事都不难，
无定河人人赞华拴。

二十头肉猪五百只鸡，
一年的收入翻了一倍。

人人都说改革开放好，
自己给自己开起银行了！

人人都说改革开放好

自己给自己开起银行了

十一　无定河村实现“三个通”

无定河边柳青青，
电视新闻播喜讯。

无定河村实现“三个通”，
乡亲们一个个变年轻。

女人忧愁唱曲子，
男人高兴踢场子。

王有才今儿合不拢嘴，
就像是娶媳妇过大事！

唢呐大号朝天吹，
村口口扭出秧歌队。

白羊肚肚手巾红腰带，
一条条的彩龙舞起来。

平地的雷声沟口口的风，
个个比喝了烧酒还精神。

响起了号子抬起了夯，
个个把吃奶劲都使上。

转着圈儿好像推磨哩，
风跑起来又似割麦哩！

猛格啦嚓脚腾空，
彩龙飞进云朵中……

随水的莲花迎风的柳，
跑旱船的妹妹水中游。

船头一点船尾摆，
好似鱼儿戏水来。

左一波来右一摇，
一朵莲花水上漂。

船头点来丰收景，
船尾荡开幸福屏。

响起了号子抬起了夯

个个把吃奶劲都使上

左旋右突呼噜噜转，
欢歌笑语里满天彩……

“改革开放政策就是好，
一群金马驹子满地跑。”

“四蹄腾空咴儿咴儿叫，
咱人人逮一个正好好！”

花喜鹊飞起花狗花开，
乡亲们放开声和起来：

“一群金马驹子满地跑，
咱人人逮一个正好好！”

一万响鞭炮响声长，
满道庄电灯亮堂堂。

站在大沙梁往远看，
好像天河落下一道湾。

天刚黑下公鸡又叫鸣，
前后庄都听见狗咬声。

三盅盅烧酒两碟碟菜，
一篮子苹果桌子上摆。

人人盘腿炕上坐，
不图喝酒为红火。

王有才端酒细思量：
“无定河今天又变了样！”

“咱人老几辈盖庙敬神神，
好政策才是心中长明灯！”

“多少年都盼个吃饱饭，
吃饱又把吃好来打算……”

华拴高叫“五魁首”，
就跟屈平顶起了牛。

一个要喝倒河东灰杵沙，
一个不怕河西的黑老鸦。

杨二恼没酒量两头扇，
直喝的大伙儿浑身软。

王有才端酒细思量

无定河今天又变了样

一个感谢支书王有才，
一个倒在院子起不来……

屈老婆一夜不睡觉，
两眼眼瞅着电灯泡：

“原来想电灯是说海话，
没梦想咱家也亮起金瓜瓜！”

屈老汉烟锅灯泡上煨，
咂了半天不见烟冒起：

“日怪日怪真日怪，
是个火火怎就吸不来？”

“隔上个玻璃想亲嘴嘴，
你老汉还不知想做甚哩！”

老两口就为看亮亮，
半夜五更还打嘴仗：

“全凭阎王爷可怜人，
临梢结尾[①]还过了回好光景！”

① 临梢结尾：有最后之意。

“咱这辈子算是没白熬，
这暖窑热炕就是人老了！”

十二　王有才辞了村支书

宁条梁来了崔镇长，
一天就忙着赶酒场。

烧酒啤酒葡萄酒，
甚酒上来喝甚酒。

上午喝罢了下午喝，
无定河是酒河才够喝……

“人走运不在起得早，
睡下绵杏往嘴里掉！”

屈平传开了一句话，
“崔镇长是我的姑舅大！”

猫一打盹儿鼠造反，
屈平两眼眯成一条线。

宁条梁来了崔镇长

一天就忙着赶酒场

骑上个摩托一溜烟，
请客送礼当家常饭。

一天宁条梁跑趟趟，
臭庄鬼一下吃了香。

无事生非捏下一堆状，
“王有才不是咱土皇上！”

崔镇长撂下告状信，
王有才的问题要说清：

贪污了多少返销粮，
做过多少次虚假账？

引腿上[1]跑项目乱摊派，
还给无定河欠下了债！

村村通油路吃回扣，
沙场承包费揣入兜。

马高镫短拉绳长，
集体财产踢踏了个光。

① 引腿上：找借口的意思。

人老贪财没瞌睡，
还跟谁家婆姨有一腿！

党员会支委会连着开，
就想把王有才搞下台。

明里调查暗里访，
一点问题都没找上。

鸡蛋里硬要挑骨头，
怀抱屎盆子没处扣。

无定河钱花在刀刃上，
招待费几年没上过账！

华拴张改玲老党员，
找上崔镇长提意见：

“王有才实格嘟嘟①好支书，
咱宁条梁找不上第二个！”

“无定河全凭了王有才，
说大事了小事离不开！”

---

① 实格嘟嘟：实实在在的意思。

跷起二郎腿哼小调，
浑身死烟味猪血脑。

肚大腰粗脑畔子高，
一声冷笑里藏着刀：

“乡亲们过上好光道[①]，
凭得是党的政策好！”

“咱党员要带头改变观念，
无定河不是王有才的天！”

“扛一支洋线枪当大炮，
丢了党性原则不得了！”

华拴张改玲肚里明，
“王有才就不会走后门！”

“说下一滩罪状没凭证，
硬要给无根草找根根。”

“鸡娃子想踏老鹰蛋，
敢在这达达胡搅蛮缠。”

---

① 光道：光景。

“离不开春，离不开秋，
离开谁无定河照样流。”

“喜鹊窝里钻出灰老鼠，
宁条梁轮不上你咋呼！”

“猪镇长狗镇长驴镇长，
你猪狗不如也配当镇长！”

“党员反映问题有甚错，
没见过你这号砍脑货！”

要不是文书拉开手，
《三回头》唱成《三岔口》……

又买烟酒又杀羊，
屈平摆席要大方。

烧酒下肚喉咙热，
只咬官腔不负责：

“河东的山杏河西的桃，
无定河上建一座彩虹桥。”

“农林牧只管碗里饭，
发展二三产业才能把身翻。”

“咱无定河两年就脱贫，
我当支书不会亏乡亲！”

嘴上规划挂了一串串，
逢人就开始放烟雾弹。

“上河里发水下河里浑，
有了几个糟籽儿[①]发官瘾！”

“山西的蛤蟆走宁夏，
也不看看你的赖蹄爪！”

“黄嘴岔娃娃叼烟锅，
当村干部不是图红火！”

张改玲说话一阵风，
华拴也不看人面情。

屈平脸上一阵白一阵红，
崔镇长阴阳怪气[②]出了声：

---

① 糟籽儿：指钱。

② 阴阳怪气：说话怪声怪气。

“猫捉老鼠狗照门，
支书不是谁老先人挣。”

“占着茅子[①]不拉屎，
撂下支书就没事。”

“群众的责任怎能随便撂？
偏不给你搭这个顺心桥！”

张改玲要去县城张家畔，
“姓崔的你一手遮不住天！”

什么蔓上结什么瓜，
屈平站路边说风凉话：

“尖底子锅锅自不稳，
直把无定河人丢尽！”

“谁见过死树圪桩长脑椽[②]，
占着一亩二分地等刀砍？”

一言不合眼睛瞪出来，
华拴屈平就要绾冒盖[③]。

---

① 茅子：厕所。

② 脑椽：长好了的椽子。

③ 绾冒盖：拉开架式。

“华拴你要听大家劝，
咱身正不怕影子斜！”

王有才把烟锅沟里扔，
“为支书不值得遭人命！”

“眼睛珠子也让贼挖去，
你心疼眼眶眶做甚哩！”

无定河一道庄乱麻麻，
屈老婆里外能说上话：

“臭狐子没人攀亲戚，
村情民风才是咱面子！”

王有才辞了村支书——
“死树圪桩我打退堂鼓！”

半夜三更鸱怪子①叫，
屈平花上钱买选票。

屈老婆嘴快舌头长，
“我说侄儿你要多掂量！”

① 鸱怪子：像猫头鹰，陕北民间认为其叫声不吉祥。

半夜三更鸱怪子叫

屈平花上钱买选票

“羊毛出在羊身上，
咱这钱也算是钱籽墒①。”

“侄儿要是把支书当，
无定河谁敢不上香！”

崔镇长背后搞阴谋，
屈平无定河当支书。

“砍树不倒是码口②小，
这回把河西黑老鸦压住了！”

① 籽墒：种子，也叫籽种。
② 码口：斧头砍树时的裂口。

十三　沼气池里安个煤气罐

三月里桃花扭嘴嘴，
西部大开发响春雷。

退耕还林还起山水债，
农田水利建设步子快。

农业税免了乡亲们乐，
无定河扭起了大秧歌。

芝麻开花节节高，
光景一年比一年好……

崔镇长屈支书成天醉，
好得一个鼻孔孔出气哩！

白天酒场场不倒台，
黑里夜总会接着来。

“崔镇长抱个酒壶壶，
屈支书跟上擂鼓鼓。”

歪嘴和尚们没正经，
顺口溜传成一道景！

云彩遮月星星暗，
红包铺路事好办。

猪娃子落水学狗刨，
拿到“井灌”屈平笑：

“天底下就数当官好，
一本万利的生财道。”

“有权不使就过期，
没人跟银钱过不去！”

马拉套绳驴驾辕，
崔镇长屈支书买钻杆。

五十眼机井打两眼，
剩下的都把水瓮安。

羊羔披一张老狼皮，
一口机井就一瓮水。

骗过了验收睡好觉，
项目款一套揣腰包。

靠屁吹火一股臭，
镇长夸支书“会贪污”。

石狮子眼睛摆样子，
水瓮机井浇不了地！

验收团一走就埋水瓮，
无定河流沙井不耐用……

“崔镇长县上有粗腿，
好事不找他再找谁？”

屈平走路都打能能[①]，
凭上龙王爷吃贺雨牲。

满肚子都是坏点子，
“请客是第一生产力！”

---

① 打能能：扭秧歌似的走路。

招待完“经理”招待“长”，
村委会变成了赛酒场。

“财政就像个大草垛，
就看你会驮不会驮！”

沼气项目卫生环保，
屈平又轻松争取到。

验收还没到无定河村，
鬼主意早在脑壳里生。

镇长支书穿一条孝裤子，
乡亲们送外号“二鬼子”！

崔鬼子屈鬼子进了村，
鸡犬遭殃人口不安生。

挖个坑就把沼气池建，
一门心思套取补助款。

沼气池里安个煤气罐，
还说是科技的好样板！

挖个坑就把沼气池建

一门心思套取补助款

“做饭再不用土锅灶，
可再生能源真是宝。”

崔镇长一边扇阴风，
“无定河屈支书样样行。”

梭牛牛开花羊跑青，
屈平成了个红人人。

“奔上菜碟碟就吃一嘴，
肚肚圆了才叫当官哩！”

走走路路把小曲哼，
浑身长上嘴好摆功。

人均收入才两千六，
上报就变成五千九。

只对上面笑不往下边瞅，
无定河人叫他“吹支书”。

屈家油坊种烤烟，
收入还不够化肥钱。

田头地畔到处烤烟炉，
“‘二鬼子’把咱害了个苦！”

“多少年发财白做梦，
烤烟才是农民致富经。”

黑的屈平硬吹成了白，
就靠着崔镇长硬后台。

“粮食贱得像羊粪蛋，
无定河脱贫凭烤烟。”

“霍窑乌素尽是专业户，
屈家油坊庄园农业数一流！”

花钱在报纸上吹牛皮，
无定河十年要追华西……

十四　十八大铺下了小康路

红格彤彤太阳蓝格英英天，
无定河欢天喜地似过大年。

兰花紫花粉红红花，
乡亲们庆祝十八大。

心窝里有那个艳阳照，
人有精神不分老和少。

冰消雪化春风吹，
“一号文件”关心“三农”事。

喜鹊报喜大槐树上喳，
无定河迎来了新变化。

“老虎苍蝇一起打，
这回看‘二鬼子’藏哪达！”

红格彤彤太阳蓝格英英天

无定河欢天喜地似过大年

泥牛入海还响一声，
一回回举报没音信。

“挂上个羊头卖狗肉，
屈鬼子捣鬼娘生就。”

“两个肩膀抬一张嘴，
崔鬼子屈鬼子相互吹。”

“什么事情都入假，
眼睛里能揉一把沙！”

“二鬼子”把坏事直做完，
无定河倒退了好几年。

“土地才还阳有了魂，
就等上‘二鬼子’瞎折腾！”

种下洋得溜[1]没处卖，
刨不完挖不尽成灾害。

种罢烤烟种旱烟，
地里没收入还倒赔钱。

① 洋得溜：一种可吃用的续根植物。

种葱种姜种大蒜，
“二鬼子”种什么什么贱！

栽苗子，养兔子，
讨吃赶不上早门子！

农药除草剂膨大剂，
土地种成了大鼓皮。

签下合同不如一个屁，
“‘二鬼子’一来就没好事！”

冰盖房子雪打墙，
说谎话跟喉咙也不商量。

人人心里头一杆秤，
半斤八两谁都分得清。

玻璃窗子里外明，
河东河西拧成一股劲。

“‘二鬼子’关不到禁闭里，
咱无定河人就逮不住金马驹！”

纪检委查案还没下来，
村财务室失火真奇怪。

屈平又把鬼点子生，
“昨黑夜飞进了萤火虫。”

屈平走一步三个鬼，
哄得小鬼都地上跪。

没见过燃火的萤火虫，
日鬼人遇上了捉鬼人！

报废“机井”三尺深，
一挖一个破水瓮。

家家的沼气灶打不着火，
乡亲们说是“聋子耳朵”。

小鸡儿叫鸣声不长，
“二鬼子”害人自遭殃。

先开除党籍后判刑，
乡亲们还不解心头恨。

种瓜种豆是自己的事，
再没人“一村一品”瞎指挥。

葡萄架下吃葡萄，
自己给自己做主了！

水红花开花水上红，
党又回到了群众中！

精准扶贫攻坚战，
基层干部来到第一线。

杨二恼家来了个大学生，
当起谋划发展的千斤顶。

杨二恼家住在高沙梁，
正好建个狐狸养殖场。

“养鸡你害怕黄鼠狼，
狐狸狡猾可是响当当！”

两万元扶贫款买幼狐，
杨二恼心里还直打鼓。

精准扶贫攻坚战

基层干部来到第一线

“放下猪不喂羊不养，
这骚狐子也能上致富榜？”

心里要恼脸上恼不成，
“多少年谁这样抬举人！”

又教技术又讲发展观，
杨二恼就像上了一回学。

多少年就知道瞅地皮，
谁晓得知识能当钱使！

“原来狐狸皮是‘软黄金’，
咱也能当致富带头人！”

十八大铺下了小康路，
杨二恼高兴得嘴都抿不住。

屈老婆学跳广场舞，
瓷胳膊乍腿[①] 倒走路！

怀抱扩音器蹦踏踏响，
屈老汉被窝里直嘟囔：

① 瓷胳膊乍腿：手舞足蹈的样子。

“人老贪财没瞌睡，
你还想跳回到十八岁！”

“你不是要早死早投胎，
这一大早哪根筋抽起来？”

“这么好的社会还停丧[①]，
也不怕无常来算账！”

“我说什么也要活九十九，
九十九怕是还活不够！”

听见了老两口拉话话，
“问不响”笑成个马爬爬[②]。

洋装着叫鸡儿喊鸽鸽，
“活不够”传遍了无定河……

① 停丧：骂人话，意即睡下不起来。
② 马爬爬：有弯下腰的意思。

十五　深圳请回来了华成娃

鸡娃子叫来狗娃子咬，
乡村振兴人人都说好。

蚂蚁害了个脑蛆疮，
谁把咱无定河臭名扬？

人活眉脸树活皮，
咱无定河这回要争口气！

学就学华成娃走正道，
谁又没给小康分指标！

“兰花花”深圳上了市，
华成娃挣下了几个亿。

又是写信又是捎话，
“无定河是你华成娃的家！”

“树高千丈总有根，
你不能把乡音当耳边风！”

党员们找上王有才：
“怎能把华成娃请回来？”

“吃饱了肚子忘记了本，
咱无定河还算有明白人！”

县委李书记耳朵长，
“咱就给华成娃派个大用场。”

无定河一道庄总动员，
定下一个计谋车轮战：

“绿水青山好比田园诗，
美丽乡村建设是大事！”

“你一人富起来不算富，
咱共同富起来才叫富！”

“盼只盼你早早回家乡，
好带上乡亲们奔小康！”

电话里邀手机上请，
一天微信发个不停。

“乡亲们信任比金贵，
我怎能不识抬举硬违背！”

华成娃要回去当支书，
赵大炮心里像石头堵。

“放下肥肉你不吃，
拾揽一根干骨头做甚哩？”

“你卖服装厂我管不了，
我的门卫你不能也卖掉！”

“舅舅我实在是穷怕了，
才享福再不想把罪遭。”

“一天挣一袋雪花粉，
地里刨一年能刨来甚？”

“刨一爪子吃一嘴，
谁见过鸡儿天上飞！”

屈彩英半夜劝不动，
“舅舅不想回老家就窥深圳。”

野麻子冒绿柳发芽，
深圳请回来了华成娃。

绾起大红花抬起轿，
无定河今天真热闹！

记者们围了一大群，
就好像美国总统来访问。

李书记讲话水平高：
“人才才是咱宝中宝！”

“有粉谁不想脸蛋上擦，
无定河就少匹驾辕马！”

王有才拉定华成娃手，
“无定河有你就有奔头！”

“多少年就知道搞斗争，
争来斗去一场空！”

野麻子冒绿柳发芽

深圳请回来了华成娃

“打断了骨头连着筋，
乡里乡亲就是一家人。”

“楼上楼下，电灯电话，
咱就从人居环境开始抓。”

“发展工业还不成熟，
设施农业是咱致富的路。”

华成娃说话没水分，
乡亲们掌声赛雷声。

老骡子上路抖马鬃，
屈老婆带头种大棚。

八十老汉上擂台，
要给女婿争光彩。

王有才做事不落后，
温室萝卜种了十几亩。

求神神不如求自己，
“问不响”心里有主意。

老骡子上路抖马鬃

屈老婆带头种大棚

一颗软米捣不成糕，
众人是圣人错不了！

一家一户指导又把关，
华成娃和农技员跑得欢。

“种植集约化规模化，
管理工厂化标准化。”

包头镰刀揽头宽，
王有才当起宣传员：

“咱们种了半辈子地，
第一回听这些新名词！”

杨二恼有点儿想不通：
“是不是华支书瞎作弄？”

“小满前后栽瓜种豆，
不按节气这不是自讨苦！”

“擤鼻鼻骡子甩尾巴，
浑身尽毛病还说怪话。”

种植集约化规模化

管理工厂化标准化

屈老婆天生爱管事：
“杨二恼什么时候能成器！”

黄瓜上架柿子红，
蔬菜市场建在榆林城。

农产品喜获“无公害”，
“无定河”蔬菜成了品牌。

洋芋蛋蛋一亩一万三，
农业部颁发“高产田”！

暖水泉子冻不住冰，
生产销售“一条龙”。

王有才萝卜种着了，
炕头票子堆成小山峁！

一家人数钱摆摞摞，
杨二恼越看越起火：

“天寒地冻下大雪，
这大棚里怎还是五六月？”

“人老几辈子瞎种了地，
想不到‘反季节’挣钱这么麻利！”

手机唱起了《赶牲灵》，
屈老汉捏鼻子出佯声：

“哎呀，无定河洋芋就是面，
吃上几顿拉的都是茓！”

“杨树上结了枝紫穗槐，
你装狗我也能听出来。”

老保安赵大炮没毬事，
手机上拉话话逗乐子。

“坐椅子扇扇子抖绸子换缎子，
赶集小卧车，睡觉席梦思。”

“钱多扎得手疼哩，
家家富得流油哩！”

姐夫屈老汉夸自在，
小舅子赵大炮就要飞回来。

“汗珠子甩成几瓣瓣，
哪一分钱不是力气换！”

“深圳的天上下票子，
土圪垯林林的小钱你能看下哩？”

“你不知道火烧没慢汉，
我赵大炮脑弦又没断！”

十六　勾一盘五谷灯感谢党

九曲明灯照了一个红，
华成娃当伞头唱道情：

“三十的饺子初一的糕，
红灯高挂闹元宵。”

“一串串辣椒一辫辫蒜，
党的恩情咱要记心间。”

锣鼓声震天鞭炮声响，
勾一盘五谷灯感谢党。

高粱灯红楞楞谷子灯黄灿灿，
麦子灯尖又尖豌豆灯圆又圆。

麻子灯绿来太平灯亮，
十二盏生肖灯照四方。

屈彩英手指着华成娃，
“他还当自己十七八！”

丈母娘疼女婿疼眼中，
“咱无定河就数成娃行！”

“多少年只说是土生金，
还是成娃让土神爷开富门！”

身上背着一个糖果袋，
王有才装成“丑八怪”。

一撒喜气二撒银，
馋嘴的娃娃们跟一群。

看见屈老婆递一把糖：
“好心就操在你身上。”

“屈家老坟上冒青烟，
人老八辈修下这桩好姻缘！”

——“楼上楼下，电灯电话，
席梦思床垫垫皮沙发！”

王有才故意拾话把把，
屈老婆气成个猪肝花：

“老狗记起了千年屎，
陈年旧事你还当鲜桃吃？”

“玉米芯子装枕头，
气死你个‘活不够’！”

“三十三颗荞麦九十九道棱，
咱这一辈人受得罪数不清。”

“我说‘活不够’疯老婆，
日子过成这样就没白活！”

“粗粮吃成细粮了大襟袄穿成西装了，
窑洞变成楼房了土路变成油路了！”

“油灯变成电灯了辘轳变成自来水了，
柴火变成煤气了咱家家喜气盈门了！”

“咱人均收入翻了几番，
金马驹咋像有一把鞭子赶？”

“灰老婆你就一张跑偏嘴，
是党给咱定下百年发展计！”

你一言他一语全在理，
社会主义社会最美气！

水貂皮大衣红丝绒帽，
褐驼色高跟鞋真时髦。

拉定二大爷祝“健康”，
又跟四婶婶拉家常。

都说屈彩英像华侨，
一口陕北话才露马脚。

风尘尘不动树梢梢摆，
张改玲多嘴把话传开：

“彩英要撂老本行，
就在咱无定河办养殖场。”

“珍珠玛瑙灵芝草，
天底下谁见过养水貂！”

杨二恼笑得哭起来，
“还要人人享福喝牛奶。”

“大底子皮鞋高后跟，
老汉们一个个顶后生。”

人逢盛世精神爽，
赵大炮打腰鼓耍二梁[①]。

二起脚，连身转，
鹞子翻身大坐盘。

上打一个雪花来盖顶，
下打的是柳树倒盘根。

只见黄尘不见人，
十里路上听鼓声……

---

① 耍二梁：有逞能的意思。

只见黄尘不见人

十里路上听鼓声

十七　无定河村又要合作化

一河彩云满天霞，
无定河又要合作化。

乡亲们劲头憋得足，
围定华成娃要入股：

“一根棉线线弹棉花，
谁不晓得人多力量大！”

“娃娃们打工只顾个嘴，
害得大人常要睁眼睡。”

“全民小康平地响雷声，
咱梦也没梦过这么好的梦！”

“支书替咱们谋发展，
拿地入股股谁不干！”

屈老婆一舌头挑过话，
“我们成娃就像是法娘的[1]！”

“一毛钱不花就分红，
几亩烂水地算个甚！”

赵大炮好像机关枪：
“收我的大棚可没商量。”

“一颗汗珠子甩八瓣，
一冬天我都没歇缓。”

“大棚里吃大棚里睡，
大棚不刮台风多美气！”

“谁想合作谁合作，
我才不垫背瞎掺和！”

华成娃笑着讲分明，
“咱无定河合作的是股份！”

“一亩地咱就算上一股，
谁想入几股就入几亩。”

---

① 法娘的：能生出办法、办法多的意思。

“进城不能把地撂荒，
集体开发利用才妥当。”

“舅舅不是要当门卫，
什么风风能把你刮回！？”

华成娃一句玩笑话，
说得赵大炮头低下。

屈老婆睕了一眼赵大炮，
“没见过你这号死牛脑！”

“你脑子离心有几里远？
半月二十天才转一圈！”

“赔本买卖哪有华成娃？
就你那小算盘还胡扒拉！”

人群里传出一阵笑，
“问不响”脸上烧起了：

“灰驴下的灰驹驹，
没本事你还不省事！”

“有咱外甥的金刚钻，
瓷器活还要你来揽？”

屈老婆红一阵黑一阵，
恨不得钻进个地缝缝。

王有才站起打断话，
“土地当股份好办法！”

“从社员到村民变股东，
咱几辈子修来这福分！”

杨二恼眉头笑开了花，
“谁不叫我杨股东我就恼下！”

“咱多少土地成荒地，
谁想过泥腿子能成事！”

“谁说泥腿子成不了事，
咱无定河如今谁不知！”

县委李书记一进门，
就跟乡亲们谈起了心：

“土地股份制把头带，
无定河给咱县上争光彩。”

“华支书点子多脑子灵，
咱就把无定河作示范村。”

“撂荒的土地变成了宝，
咱小康路上一个不能少！”

精准扶贫到村又到户，
李书记是乡亲们主心骨。

干部帮扶挑重担，
李书记是乡亲们总厨官。

“喷灌圈一喷百十米，
咱总不能拿高射炮打蚊子！”

“农产品规模化品牌化，
这才是农业的现代化！”

“改革开放四十年，
无定河合作化开新篇！”

春雨迎风春花开，

一阵阵掌声响起来……

改革开放四十年

无定河合作化开新篇

十八　咱跟着党走进新时代

绕树的喜鹊戏水的鱼，
无定河传出来好消息。

一年一个大变化，
燕娃子回来找不上家。

米酒油馍馍年茶饭，
说起吃喝谁也不稀罕。

小车出门显气派，
一溜烟的摩托没人爱。

几千年以貌取人看穿戴，
如今服装时髦还讲名牌。

几千年石头碾磨是家产，
如今撂在村子里没人管。

几千年石头碾磨是家产

如今撂在村子里没人管

几千年老井辘轳天天转，
如今水龙头一拧真方便。

几千年皇粮国税像紧箍咒，
如今什么都不收还给“补”。

大红果子剥皮皮，
陈年旧事不值得提。

百灵子上天一声鸣，
“三农”走出了苦水坑。

“普九”“医保”还“养老”，
件件事政府都替咱想好了！

科学发展观百花开，
咱跟着党走进新时代！

谁还说咱农民“土老帽”，
提起华成娃都把拇指翘。

人老多少辈的泥腿子，
如今竞赛似的办厂子。

几千年皇粮国税像紧箍咒

如今什么都不收还给“补”

“菜、畜、薯”农村唱主角，
“煤、盐、油”园区争一流。

产品讲究个深加工，
拉长产业链比本领。

“杨股东”学着穿西装，
腰板挺得像一截榆树桩。

醋溜了几句普通话，
远看就像支书华成娃。

老母猪偃着萝卜窖，
大棚菜让赵大炮冒尖了：

“穷不省事富安生，
谁再笑话我讨吃子[①]命！”

“问不响”说起话一大套，
话闸闸才好像打开了：

“三十亩土地一头牛，
科学技术才是热炕头。”

① 讨吃子：乞丐。

“死烟灰灰冒起了烟，
党的好政策才是还阳丹！”

人家种蔬菜她栽大黄，
还说农产品一多就不吃香！

两圪垯石头一圪垯砖，
“一技之长”才是金饭碗。

鸡蛋壳壳点灯半炕炕明，
屈老汉建起了“民俗村”。

走头头骡子三盏盏灯，
娃娃都跑来听驼铃声。

二饼子牛车走进电视台，
谁想这“老东西”能放光彩。

山洼洼传来一阵信天游，
“活不够”酸曲儿不离口。

脸上抹的是营养霜，
华为手机裤兜兜里装：

鸡蛋壳壳点灯半炕炕明

屈老汉建起了“民俗村”

“谁不知过好光景三件事，
订单农业、品牌和科技！”

王有才洋芋协会当会长，
半夜三更推销在网上。

按定光电鼠真自如，
天南地北任意游。

为学电脑偷偷进了一回城，
打字比老镢头掏地还苦重！

张改玲一家逛深圳，
网上先游遍广东省。

还是飞机省时间，
一会会儿就飞到天边边。

逛了一回“珠三角”，
“哎呀，改革开放就是好！”

大清早起来满天雾，
一棵棵树都像喝醉了酒。

王有才洋芋协会当会长

半夜三更推销在网上

钻天杨好像有什么喜，
一纵身就跳了二三里。

跟谁都要争上游，
柳树满道滩翻跟斗。

落霜的果树又开了花，
围在一达里说悄悄话。

松柏树玩起捉迷藏，
躲躲闪闪都换了装。

沙柳跑起来一溜风，
耳边只听见脚步声。

“绿水青山就是金山银山”，
人进沙退的愿望已实现！

植树英雄张改玲，
毛乌素沙漠变森林……

尾　声

无定河东流哗啦啦，
迎来了党的二十大。

无定河东流歌声声，
改革开放曲最动听……

哎呀，改革开放四十年，
无定河就好比两重天。

五哥放羊的山坡上，
农民运动会比赛忙。

老麻雀叫唤山雀雀喳，
“绿色人居”成了时兴话。

无定河水库成风景区，
小别墅比张家畔还要贵！

窗花、刺绣、农民画，
婆姨们“三巧”人人夸。

大红枣儿一篮篮，
再把党的好领导绣金匾。

建成小康社会暖人心，
咱越活越觉得有精神。

迎风风红旗顺水水船，
跟着党越走路越宽……

2022 年 7 月 6 日完稿于靖边

建成小康社会暖人心

咱越活越觉得有精神

后　记

命里的信天游

霍竹山

一

如果以陕北旱风里的一株植物来比喻我的话，我是靠着信天游的营养长起来的。没有刻意的模仿，也没有要以信天游为基础的创作目的，但当我走进“鸡蛋壳壳点灯半炕炕明，烧酒盅盅量米不嫌哥哥穷”“三姓庄外沤麻坑，沤烂生铁沤不烂妹妹心”的信天游歌声里时，我完全沉醉在朴素、自然、简洁中了！

一次，我遇到了一个疯老婆儿。在乡上几个半老汉的鼓动下，她唱起了信天游：“向阳花开花朝南转，三回五回你怎不盘算？柿子下架枣子红，哥哥你不来我怎么窥！”“馍馍白糖就苦菜，口甜心苦你把良心坏；有朝一日天睁眼，小刀子戳你没深浅。”之后，这位有精神病的老人，成为我多年跟踪采访的主要对象，她唱的信天游实在太美了：“双手手我端起三盅盅酒，叫一声哥哥你不要羞回我的手。”“细擀杂面油调汤，第一碗我双手手给你端上。”“墙头上栽葱浇不上水，玻璃上吊线线亲不嘴”……

至今，我一直在搜集古老的信天游。在“有恨咬断七寸钉，为爱敢闯阎王府”的我的父老乡亲的爱憎里，热烈是：“手提上羊肉怀揣上糕，扑上性命也和哥哥交”；凄婉是：“九十月的狐子冰滩上卧，谁知道我的心难过”；思念是：“想你想得胳膊腕腕软，煮饺子下了些山药蛋”；率直是：“站在脑畔上望见天河水，忘了爹娘忘不了你”……爱是：“只要和你好上一回，刀架在脖子上也不后悔”；情是：“双手搂住你的细腰腰，就像老绵羊疼羔羔”……情真，意切，信天游忧伤着他们的忧伤，信天游执着着他们的执着。

我曾用十年的时间写过一部长篇信天游叙事诗。我已老去了的青春，和这十年不无关系。但我真的错了，我闭门造车式的一遍遍地写、一回回地改，在远离生活的同时，也远离了信天游。这里，我真诚地感谢老诗人谷溪先生，他从书架上给我挑选了厚厚的一摞书——这是他全部的民歌，还有叙事与抒情一体的经典长诗。两个月后，我读完了这些书，开始重新采访……终于进入“老牛眼太阳当天上挂，吃一口干粮半口沙”“羊羔羔落地四蹄蹄刨，起鸡叫睡半夜不说熬”的毛乌素沙漠植树的艰苦中了，也有了“贼来了不怕客来了怕，家里头穷得光塌塌”“门栓栓抹点老麻子油，轻轻开来慢慢走”的生活。在这部写我的乡亲们治沙造林的长篇信天游《红头巾飘过沙梁梁》，发在《延安文学》2000年4期上时，我曾下决心再也不写出力不讨好的信天游了。可我发现自己像中毒似的经不住信天游的诱惑了。

我的诗，有多少属于信天游……

二

在陕北，贫穷似乎是历史的根。翻开史册，陕北除自然原因的天灾导致饥饿、导致反抗之外，再没有别的了。只有民歌像一圪垯一圪垯的金元宝，光彩熠熠。你可以说它是无奈的吼声，你也可以说它是爱情的绝唱，但无论你怎么说，与一辈辈老去的人不同的是，民歌活着，且活得是那么年轻，每一支歌都是一个血气方刚的汉子，抑或是一位水灵灵的女子。他们背负着苦难，却欢乐地唱着，创造着辉煌的陕北民歌史。

我曾下决心不再写信天游了——“信天游可以说是一种痛苦的忧伤、一种旋律性的哭泣，有一种深度的杀伤力……我以为写信天游、唱信天游的人，一定会比别人少活上几年。”这是我写在长篇小说《信天游》里的话。不仅如此，信天游也太难写了，更多的时候，写作是一种出力不讨好的劳动！尤其是用信天游的形式，写一部反映改革开放陕北农村变化的叙事长诗！

我却找不到任何其他的方法，只有信天游！

在这部信天游长篇叙事诗《无定河》的创作中，我自始至终充满了激情。有时真是痛不欲生，一句得用上几天；有时甚至想在地上打一阵滚儿，释放胸中的压抑。快乐当然也必不可少，在写下“一眼能化开黄河的冰，两眼看不透妹妹的心”的那个冬夜，我感到内心似一盆火在燃烧，并且一直燃烧到第二天，我还给从西安来的作家朋友诵读。不是说，我写下了一句“经典”，我只是尝试着为传统信天游的创作拓展了一个更加广阔的空间。信天游需要创新，任何一种不具备创新的艺术，必将会在历史的发展中死去——信天游太需要创新了！从李季的长篇信天游叙事诗《王贵与李香香》之后，有学者就说信天游从此死了！其间，无论是纯粹的信天游写作，还是信天游的杂交体，几乎都被读者很快忘记。当然，《无定河》没有走出传统信天游的模式，我只是倾心于让传统的信天游更加优美，比如“山桃儿开花九卷卷，你妈妈生你花眼眼”。后一句人人皆知，我只是在比兴上让两句更为和谐，尽管“吟”了好长的时间，我却很是激动了一番……

“对对蝴蝶对对飞，
对对花朵儿亲嘴嘴。

对对柜子对对箱，
对对凳子成一个双。

对对穿衣镜柜上摆，
就是等不到妹妹来。

对对唢呐对对号，
哥哥我一个单爪爪。”

而在写《无定河》过程中，如何使信天游在“赋比兴”里更为流动、洒脱，也是我始终的努力与坚持，只是我还要继续尝试着写下去。

这里，我还想说“诗经”的信天游，“乐府”的信天游，唐诗、宋词、元曲的信天游，我不敢期望那些视民歌为下脚料的诗人们“唱唱民歌”，但我期盼更多的有识之士，能关注朴实无华的信天游，能关注与自然和谐的信天游，同时关注信天游的创作与研究，使信天游能真正登上我们民族文学的大雅之堂。

三

多年前，在我的家乡一个叫金鸡沙的村子，坐在母亲的热炕头，突来灵感，我写下这么两句诗：有一个荒凉叫毛乌素沙漠，有一个不安是无定河。后来，这首写陕北之北的诗发表在《人民文学》等报刊上——至今也是我比较满意的一首诗。现在想起这一切，都是那么的美好！

因为，毛乌素和无定河加起来就是我老家的村庄金鸡沙——这个无定河边的村庄。

金鸡沙有千百万粒沙子，每一粒我似乎都数得清清楚楚。在金鸡沙我能获得最真实的方向感，村子的西边是无定河，北边是毛乌素沙漠，东边一户人家的小孩每天夜里哭，我种的庄稼在南边一天一天长大。在金鸡沙我获得真实方向感的同时，也清晰地获得了我作为人的尺寸。是的，这就是我的村庄，我老家的村庄。

这是我的村庄，草木生长的季节，人淹没在庄稼和草里，哪天起风，就叫风吹草低见牛羊。夜里有人在炕上咳嗽两声，一个村庄的狗会跟着叫上半夜。一盘大土炕占据半个房间，村庄里的汉子晚上往炕上一躺，呼噜声里女人才睡得踏实了睡得香了。

这是我的村庄，我在这村庄里花了很多年长成大人，长得与一根玉米秆子差不多高。现在，我在想再花多少年的时间，把自己往小里长。我的一生都属于这个村庄，最后小得跟村庄里的一粒沙子一样，甚至比沙子更小，这不光是由于我一毫米一毫米地把这村庄爱了个遍，还由于我也被这村庄一毫米一毫米地爱了个遍。

这是我的村庄，它由土地和父老乡亲的脚印、炊烟和信天游组成。在村庄的每一寸土地上，脚印好像一枚枚随意而亲切的邮戳，盖在村庄农历的二十四节气之上，五谷丰登的祈盼是全部的内容，乘着风调雨顺的特快专递邮船，驶向大红灯笼高挂的年……在这村庄的土地上，我来来回回地走了太多次太多次……

多少年来，我在村庄的土地上种下过玉米、土豆、糜谷，也种下我的儿子，我看着他一天一天长得和荞麦差不多高，长得和糜谷差不多高，看着他和一根玉米秆子差不多高——高兴地看着儿子和我是一个模样，儿子也是我最后种下的一茬庄稼。我爱这片土地，像爱我的庄稼从根部往上面的叶子里爱，像爱我的儿子从骨头里往皮肤外面一点一点地爱，细致入微地爱，仔仔细细地爱。

金鸡沙，在我的村庄里，我的爱就这样的在成倍增长，被浓缩，被拉长，被放大：

“锣鼓声震天鞭炮声响，
勾一盘五谷灯感谢党。

高粱灯红楞楞谷子灯黄灿灿，
麦子灯尖又尖豌豆灯圆又圆。

麻子灯绿来太平灯亮，
十二盏生肖灯照四方。”

一声信天游，一年又过去了。昨夜的梦里，金鸡沙的庄稼，真的长得像我诗里写的一样。

2023 年 2 月 5 日

182